ZU HAUSE
WIRD
WEITERGESPIELT
MAma verliert beim
Pfänderspiel!
Opa
auch!!!

Dieses Buch gehört:

____

Alle Tipps und Informationen in diesem Buch sind sorgfältig ausgewählt und geprüft. Dennoch können weder Urheber noch Verlag eine Garantie übernehmen. Eine Haftung für Personen-, Sach- und Vermögensschäden ist ausgeschlossen.

ISBN 978-3-8157-5143-5

Redaktion: Susanne Tommes
Printed in Germany
www.coppenrath.de

Mein lustiges Spielebuch

Tolle Ideen für zu Hause, die Ferien und Geburtstagspartys

Gesammelt und aufgeschrieben von Christa Wißkirchen
Mit Bildern von Stephan Pricken

COPPENRATH

Inhaltsverzeichnis

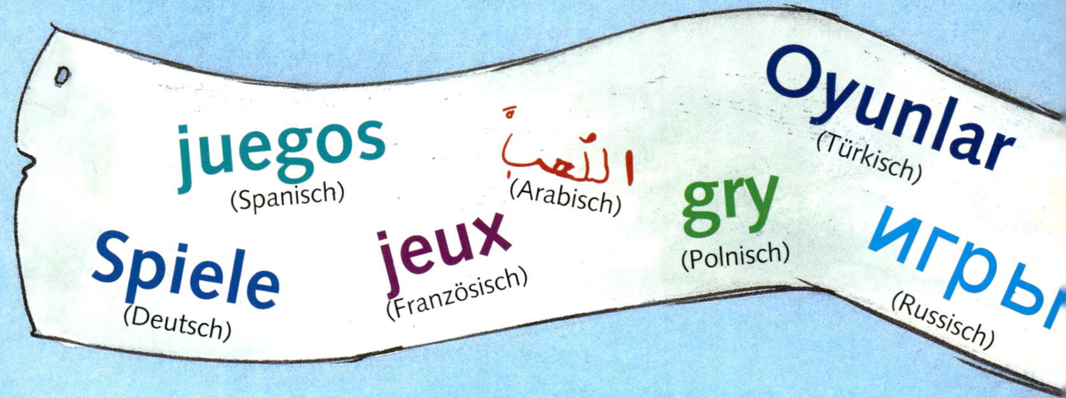
juegos
(Spanisch)
اللعب
(Arabisch)
Oyunlar
(Türkisch)
Spiele
(Deutsch)
jeux
(Französisch)
gry
(Polnisch)
игры
(Russisch)

games
(Englisch)
giochi
(Italienisch)

Hallo, Kinder!

Wie man spielt, das braucht euch keiner zu erklären. Spielzeug habt ihr sicher eine ganze Menge, und schöne fertige Spiele von „Mensch-ärgere-dich-nicht“ bis „Monopoly“ gibt es zu kaufen. Trotzdem braucht ihr vielleicht ab und zu eine Idee, besonders, wenn ihr zu mehreren seid und etwas unternehmen wollt. In diesem Buch findet ihr Spiele für drinnen und draußen, für kleine und große Gruppen und für verschiedene Gelegenheiten wie Geburtstag, Klassenfahrt oder Schulfest. Manche Spiele haben vielleicht schon eure Großeltern als Kinder gekannt. Keiner weiß, wer sie erfunden hat, sie werden einfach weitergegeben.

Hier ein paar Tipps:

Wenn ihr draußen spielt, sucht euch eine ruhige Ecke ohne Autoverkehr (Hof, Terrasse, Spielplatz, Schulhof). Wenn doch einmal ein Ball auf die Straße fliegt: nie ohne zu gucken hinterherrennen!

Viele Spiele haben Regeln, die mindestens einer kennen sollte. Statt lange zu erklären, lernt man sie oft am besten beim Spielen. Nicht gleich schimpfen, wenn einer etwas nicht sofort kapiert!

Für manche Spiele gibt es unterschiedliche Regeln. Man kann auch neue Regeln erfinden. Aber das muss man vorher absprechen. Mitten im Spiel die Regel ändern gilt nicht!

Was ist, wenn kleinere Geschwister unbedingt mitspielen wollen, aber vieles noch nicht schaffen? Statt sie wegzuschicken könntet ihr sie vielleicht etwas Einfaches machen lassen: den Ball holen, die Schnur festhalten, jemandem einen Stift oder Würfel geben, Beifall klatschen oder „Achtung – fertig – los!" rufen. Oder sie bekommen einen „Spielpaten", der für sie die Karten hält oder die Steine setzt.

Manche Spiele passen unter verschiedene Überschriften. Sie sind sowohl für drinnen als auch für draußen zu gebrauchen, für Geburtstagspartys genauso wie für die Ferienreise. Sucht also auch mal in einem anderen Kapitel.

Am Schluss jedes Kapitels findet ihr ein kleines „Extra" mit besonderen Tipps, zum Beispiel Abzählreime oder „Erste Hilfe bei Langeweile".

Übrigens ist es nicht verboten, neue Spiele zu erfinden. Und jetzt: Auf die Spiele – fertig – los und viel Spaß!

Spiele am Tisch

Alle Vögel fliegen hoch

Einer ist der Ansager und sitzt mitten zwischen den anderen Kindern am Tisch. Alle trommeln mit den Fingerspitzen auf den Rand, während der Ansager ruft: „Alle Vögel fliegen hoch!“ Bei „hoch“ reißt er die Arme hoch und alle müssen es mitmachen. Nun nennt der Ansager in schneller Folge Verschiedenes, was fliegen kann, zum Beispiel „Alle Bienen fliegen hoch“ oder „Alle Hubschrauber fliegen hoch“. Dazwischen kommen aber Tiere oder Dinge, die nicht fliegen können („Alle Dackel fliegen hoch!“). Dann darf keiner die Arme heben, auch nicht, wenn der Ansager es vormacht. Also aufpassen! Wer einen Fehler macht, muss ein Pfand abgeben.

Fische fangen

Der Tisch ist der Fischteich und eure flach hingelegten Hände sind die Fische. Ein Kind wird als Fischer ausgewählt. Es lässt seine Hände über dem Fischteich kreisen und spricht dazu diesen Vers:

„Ich fische frische Fische
für meines Herren Tische.
Ich hab die ganze Nacht gefischt
und hab noch keinen Fisch erwischt.“

Beim letzten Wort schlägt der Fischer schnell nach unten und versucht einen Fisch zu erwischen, der nicht rechtzeitig weggeflutscht ist. Beim Sprechen kommt es darauf an, durch unregelmäßiges Tempo – mal gedehnt, mal ganz schnell – die Fische zu überraschen. Der letzte Fisch darf dann der nächste Fischer sein.

Erbsentransport

Jedes Kind bekommt ein Schälchen mit Erbsen und ein leeres Schälchen. Wer schafft es, in einer Minute die meisten Erbsen einzeln mit einem Trinkhalm anzusaugen und ins andere Schälchen zu bringen? Einer kann mit der Stoppuhr die Zeit messen. Erbsen, die auf den Tisch fallen, gelten als nicht angekommen.

Suppe auslöffeln

Für dieses Spiel ist ein runder oder quadratischer Tisch am besten, damit alle Kinder gleich weit von der Mitte entfernt sind. Denn in der Mitte liegt ein Stern aus lauter Löffeln, allerdings einer weniger als Mitspieler. Jemand mit einem fixen Mundwerk ist der Erzähler und sitzt etwas abseits. Er erzählt jetzt eine ganz einfache oder verrückte Geschichte. Immer wenn darin das Wort „Suppe“ vorkommt, schnappen sich die Kinder schnellstens einen Löffel. Eins erwischt keinen Löffel und scheidet aus. Pech! Aber Achtung! Wer zugreift, wenn ein Wort nur ähnlich klingt (wie „Supermarkt“), macht einen Fehler und muss ein Pfand abgeben. Wie könnte so eine Geschichte anfangen? „Gestern ging ich mit Mama einkaufen. Unterwegs sagte sie: ‚Wir brauchen ja noch Gemüse für die Suppe, da gehen wir schnell in den Supermarkt.‘ Ich fragte: ‚Was für eine Suppe willst du denn kochen?‘ Sie sagte: ‚Eine mit Erbsen und Kartoffeln.‘ Und ich rief: ‚Super! Das ist ja Erbsensuppe!‘ ...“

Tischpusten

Versucht einmal, einen Tischtennisball über eine glatte Tischplatte zu bewegen, indem ihr durch einen Trinkhalm pustet. Dabei könnt ihr zu zweit gegeneinander antreten und den Ball bis zur anderen Tischseite befördern, ohne dass er seitlich hinunterfällt. Man könnte auch für den Ball eine verwinkelte Gasse aus Klötzchen bauen, durch die er gesteuert werden muss. Achtung: Nur pusten, nicht berühren! Statt Tischtennisbällen kann man auch Watte-bällchen über den Tisch flitzen lassen.

Wickel-Grand Prix

Jedes Kind bindet einen langen dünnen Faden an ein kleines Auto und befestigt das andere Ende an einem Bleistift. Dann stellt ihr eure Autos nebeneinander an eine Tischkante und geht mit euren Bleistiften auf die andere Seite. Achtung – fertig – los! Dreht den Bleistift, sodass sich der Faden aufwickelt und den Rennwagen zieht.

Löffelball

An den Längsseiten des Tisches sitzen die beiden Mannschaften. Die Aufgabe ist, einen Tischtennisball von Löffel zu Löffel weiterzugeben. Vorsicht, wackelig!
Die schnellere Mannschaft gewinnt.

Mehl schneiden

Auf einen Mehlberg wird ein kleiner Gegenstand gesetzt. Das kann ein Ring, ein Bonbon oder ein Tischtennisball sein. Der Reihe nach schneidet jeder etwas Mehl ab. Wenn das Ding herunterfällt, muss es mit dem Mund aus dem Mehl geholt werden. Wer dabei lacht, kriegt natürlich ein Mehlgesicht.

Schokolade essen

Ein Spiel, an dem bestimmt schon eure Großeltern Spaß hatten: Eine Tafel Schokolade, die mit Papier und Schnur noch zusätzlich eingepackt wurde, liegt auf dem Tisch, dazu Messer und Gabel, eine Mütze, Schal und Handschuhe. Jetzt wird gewürfelt. Wer eine Sechs würfelt, zieht rasch Mütze, Schal und Handschuhe an und versucht mit Messer und Gabel die Schokolade auszupacken. Inzwischen wird weiter gewürfelt. Bei der nächsten Sechs muss das erste Kind sofort alle Sachen abgeben und das nächste versucht sein Glück. Wer schafft es endlich, das erste Stück von der Schokolade abzuschneiden und in den Mund zu stecken?

Brettspiele

Wolf und Schafe

Dieses Spiel wird auf einem Schachbrett gespielt, und zwar nur auf den Feldern einer Farbe. Wir nehmen jetzt einmal Weiß. Auf der einen Seite spielt der Wolf und setzt seinen einzigen Stein auf ein weißes Feld der ersten Reihe. Auf der anderen Seite beginnen die vier Schafe ebenfalls auf den weißen Feldern. Nun rücken Schafe und Wolf abwechselnd einen Schritt. Dabei dürfen die Schafe nur vorwärts gehen, der Wolf auch rückwärts. Die Schafe gewinnen, wenn sie den Wolf so einkreisen, dass er sich nicht mehr bewegen kann. Der Wolf gewinnt, wenn er die Reihe der Schafe durchbricht. In der nächsten Runde tauscht ihr die Rollen. Wenn ihr kein Schachbrett habt, könnt ihr euch leicht eins aufmalen oder kleben.

Katz und Maus

Malt das Spielfeld auf ein Blatt. Katze und Maus gehen mit ihrem Stein auf die Startposition und dürfen immer je einen Zug zum nächsten Punkt machen, egal in welche Richtung. Wer dem anderen so nahe kommt, dass er ihn mit einem Zug schlagen kann, hat gewonnen.

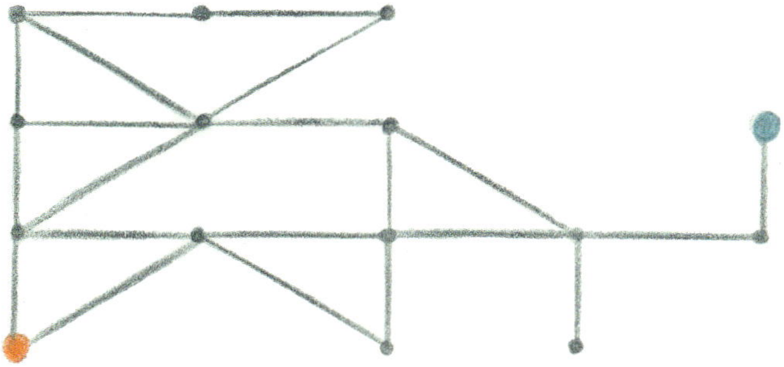

8 auf 16

Für zwei Spieler, die sich gegenübersitzen. Ihr zeichnet ein Spielfeld von 4 x 4 Quadraten auf ein Blatt Papier. Jeder Spieler hat vier Spielsteine (Knöpfe, Münzen oder andere kleine Dinge), die sich von denen des anderen unterscheiden, und setzt sie an seiner Seite auf die erste Feldreihe. Nun dürfen die Steine versetzt werden, aber nur gerade (vor, zurück, zur Seite). Überspringen ist auch erlaubt, aber nur schräg und auf ein freies Feld. Gewonnen hat, wer als Erster alle vier Steine auf den gegenüberliegenden Randstreifen gebracht hat.

Schreib- und Malspiele

Schiffe versenken

Auf kariertem Papier grenzt ihr für jeden Spieler zwei Felder von jeweils 10 x 10 Kästchen ab und gebt ihnen am Rand die Zahlen von 1 bis 10 und die Buchstaben von A bis J. Zwischen beiden Spielern wird ein Sichtschutz aufgestellt, etwa ein Buch. Ins linke Feld ordnet ihr jetzt die eigenen Schiffe ein. Sie dürfen sich nicht berühren. Das rechte Feld bleibt vorerst leer. Hier Anzahl, Größen und Namen der Schiffe:

- ein Schlachtschiff (vier Karos)
- zwei Zerstörer (je drei Karos)
- drei Kreuzer (je zwei Karos)
- vier U-Boote (je ein Karo)

Jetzt schießt jeder abwechselnd, indem er ein Feld mit Zahl und Buchstabe benennt, zum Beispiel B6. Der andere meldet entweder „getroffen" oder „Wasser". Ist das letzte Kästchen eines Schiffs getroffen, heißt die Antwort „versenkt". Jeden Schuss zeichnet man sich in seinem rechten Feld an (Kreuz für getroffen, Punkt für Wasser). Allmählich zeigt sich dann, wie es beim Gegner aussieht. Wer zuerst alle feindlichen Schiffe versenkt hat, ist Sieger.

Käsekästchen

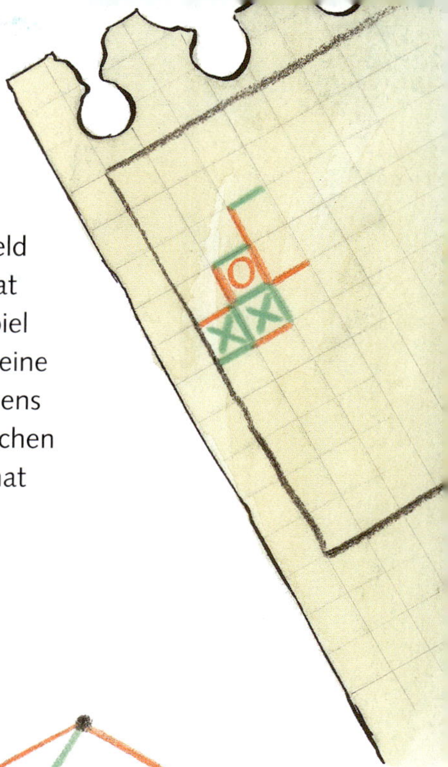

Auf einem karierten Blatt Papier grenzt ihr ein Spielfeld von 10 x 10 Kästchen ab. Jedes der beiden Kinder hat einen Stift und sucht sich ein Zeichen aus (zum Beispiel Kreuz oder Punkt). Abwechselnd zeichnet nun jeder eine Kästchenseite nach. Wer die letzte Seite eines Kästchens nachzieht, hat es geschlossen und darf dann sein Zeichen hineinmalen. Wenn alle Kästchen geschlossen sind, hat derjenige gewonnen, der die meisten besitzt.

Sim

Ein Spiel für zwei. Ihr zeichnet mit dicken Punkten ein Sechseck aufs Papier. Jeder verbindet jetzt abwechselnd mit seiner Farbe zwei Punkte. Verloren hat, wer zuerst ein ganzes Punkte-Dreieck in seiner Farbe zeichnen muss. (Die kleinen Dreiecke, die beim Kreuzen der Linien im Innern des Sechsecks von selbst entstehen, zählen nicht.)

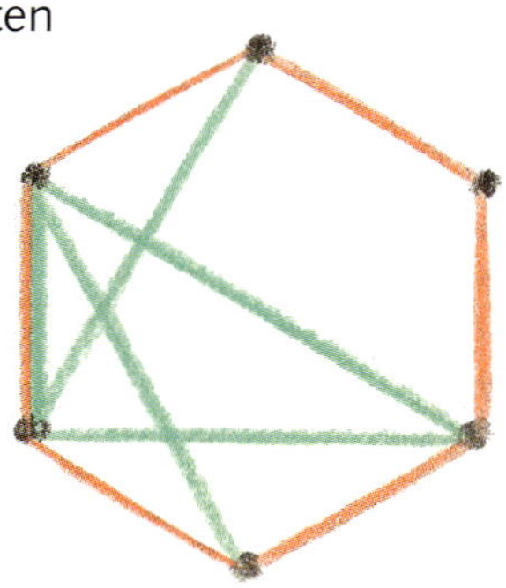

Blind malen

Ein Kind muss mit verbundenen Augen etwas malen: ein Schweinchen, einen Hund, ein Haus oder einen Elefanten. Die anderen dürfen dabei zusehen. Lachen garantiert! Denn was dabei für Gebilde herauskommen, könnt ihr euch ja denken!

Spiegelmalen

Vor dem Malblatt wird ein Spiegel aufgestellt. Damit das Kind seine Hände nicht sehen kann, wird ein anderes Blatt darüber gehalten. Nun soll es mithilfe des Spiegels eine einfache Figur zeichnen, zum Beispiel einen Briefumschlag (Rechteck mit schrägem Kreuz). Gar nicht so einfach!

Bingo

Dafür braucht ihr viele Zettel, am besten von einem Notizblock. Jeder Spieler füllt ein Feld von 3 x 3 Kästchen mit Zahlen zwischen 1 und 40 in beliebiger Anordnung. Der Spielleiter zieht nun jeweils eine Zahl aus einem Säckchen mit Zahlenzetteln oder -plättchen und ruft sie aus. Wer sie auf seinem Feld hat, streicht sie durch. Wer eine gerade oder diagonale Zahlenreihe durchgestrichen hat, ruft „Bingo!" und zeigt sein Blatt vor. Dann geht das Spiel mit neuen Zetteln von vorn los. Der Gewinner wird jeweils neuer Spielleiter.

Opa plätschert in der Badewanne

Ein Blatt wird mit Strichen in Spalten eingeteilt. Genug Platz lassen! Oben steht für jede Spalte eine bestimmte Frage oder ein Musterwort:
Wer – tut was – wann – wie – wo?
Darunter könnte zum Beispiel stehen:
Opa – plätschert – abends – lustig – in der Badewanne

Das erste Kind schreibt unter das erste Wort ein passendes anderes – etwa Mama, Felix, mein kleiner Bruder, der Bundespräsident –, knickt den ersten Streifen nach hinten und gibt das Blatt weiter. Wenn jeder eine Spalte ausgefüllt hat, wird der Satz vorgelesen.

Inserat aufgeben

Wird genauso gespielt wie „Opa", nur geht es hier darum, dass jemand etwas verkaufen möchte und es in einer Zeitungsanzeige beschreibt. Dabei wird auf drei Fragen geantwortet:

- Was soll verkauft werden? (zum Beispiel „Verkaufe silberfarbenes Tourenrad")
- Wie ist es ausgestattet? (zum Beispiel „mit Bananensattel, Standbeleuchtung und Gepäcktaschen")
- In welchem Zustand ist es? (zum Beispiel „neuwertig, Bremsen überprüft und Reifen erneuert")

Natürlich können auch Möbel, Kleider, Geschirr, Tiere, Bilder und Bücher angeboten werden. Jeder Spieler bekommt einen Zettel, füllt die erste Spalte aus, knickt sie ab und gibt den Zettel an den jeweiligen Nachbarn weiter. Nun schreibt er die Fortsetzung seiner Anzeige in die nächste Spalte und so weiter. Was da zusammenkommt, will bestimmt keiner kaufen!

Kartenspiele

Karten-Memory

Ein Kartenspiel wird gemischt und verdeckt auf dem Tisch ausgelegt. Jeder Spieler dreht nun zwei Karten um, und zwar so, dass auch die anderen sie gut sehen können. Sind es zwei mit dem gleichen Wert, zum Beispiel zwei Zehner oder zwei Könige, darf er sie für sich beiseite legen und sein Glück noch einmal versuchen, sonst legt er sie wieder verdeckt hin und der Nächste ist dran. Es kommt darauf an, sich die Plätze der Karten gut zu merken um möglichst viele Pärchen zu sammeln.

Schwarzer Peter

Wenn ihr kein spezielles Schwarzer-Peter-Spiel habt, könnt ihr auch ein normales Kartenspiel mit 52 Karten nehmen und alle Joker außer einem vorher entfernen. Die Karten werden gemischt und ausgeteilt. Wer ein Pärchen hat (also zwei zueinander passende Karten, etwa zwei Fünfer, zwei Könige, zwei Asse), darf es ablegen. Jetzt lässt jeder reihum den Nachbarn aus seinen verdeckten Karten ziehen. Ergibt sich durch die gezogene Karte ein neues Pärchen, wird es auch abgelegt. Dabei wandert der Joker als Schwarzer Peter heimlich mit und alle wollen ihn natürlich gern loswerden. Wer ihn zum Schluss noch in der Hand hält, hat verloren und kriegt einen schwarzen Punkt auf die Nase gemalt. Wenn ihr ein Skatspiel benutzt (32 Karten ohne Joker), nehmt ihr einfach einen der vier Buben heraus. Dann bleibt am Schluss ein einzelner Bube als Schwarzer Peter übrig.

Mogeln

Ein Kartenspiel ohne Joker wird gemischt und ausgeteilt. Der erste Spieler legt eine Karte verdeckt in die Mitte und sagt dazu einen Kartenwert, beispielsweise Herz 5. Das kann stimmen, aber auch gelogen sein. Der nächste Spieler legt nun eine Karte obendrauf und sagt einen Wert, der die erste Karte übertrifft, hier also Herz 6. So geht es reihum weiter, bis jemand ruft: „Gemogelt!" Dann muss derjenige, der gerade abgelegt hat, seine Karte umdrehen und zeigen. Hat er wirklich gemogelt, muss er den ganzen Haufen nehmen. Hat der Rufer sich aber geirrt, bekommt er alle Karten. Gewonnen hat, wer als Erster keine Karten mehr hat. Der Wert der Karten zählt nach folgender Reihe: 2, 3, 4, 5, 6, 7, 8, 9, 10, Bube, Dame, König, As und wieder von vorn.

Karo 7

Die gemischten Karten werden ausgeteilt.
Wer die Karo 7 hat, legt sie auf den Tisch. Nun müsst ihr reihum versuchen, an die 7 anzubauen: Entweder ihr habt eine an die 7 anschließende Karo-Karte (also Karo 6 oder Karo 8) oder eine 7 in einer anderen Farbe (zum Beispiel Herz 7). So kann man bald überall Reihen legen. Wer keine passende Karte hat, setzt aus. Sieger ist, wer als Erster alle Karten angelegt hat.

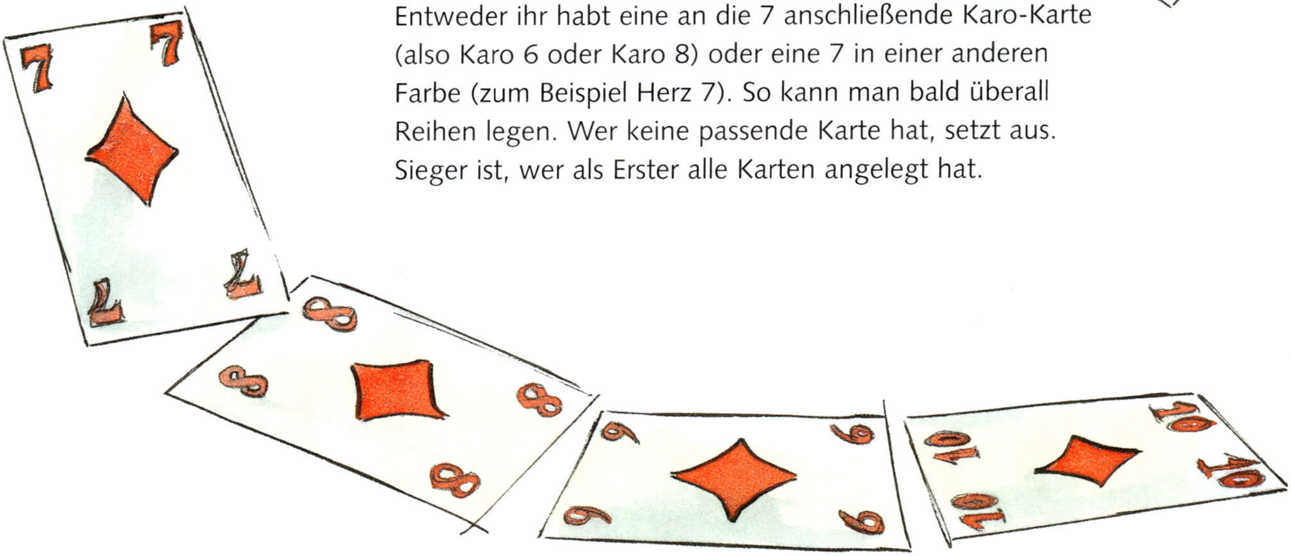

Ene – Mene – Ping – Pong

Ein Kartenspiel wird ausgeteilt. Beim Ablegen geht es darum, immer vier gleichwertige Karten zusammenzukriegen. Der erste Spieler legt eine beliebige Karte aus, etwa einen König, und sagt „Ene". Wer in der Runde ebenfalls einen König hat, legt ihn darauf und sagt „Mene", der dritte „Ping" und der vierte „Pong". Wer schon mehrere gleiche Karten in der Hand hatte, darf sie natürlich auch sofort ausspielen. Jeder, der „Pong" sagen, also ein Quartett voll machen konnte, legt eine neue Karte. Gewonnen hat, wer zuerst alle Karten los ist.

Hürdenlauf

Wenn ihr schon recht gut im Kopf addieren (= zusammenzählen) könnt, habt ihr daran sicher Spaß. Ein Kartenspiel von 32 Karten wird verteilt. Der erste Spieler legt eine Karte offen in die Mitte, der nächste legt seine Karte darauf und zählt deren Wert zu der vorigen dazu. Liegt zum Beispiel eine 10 da und eine 8 kommt hinzu, ist die Summe 18. Jede neue Zahl wird laut angesagt. Der Pfiff dieses Spiels sind aber die Hindernisse. Wer mit seiner Karte auf die Summen 55, 66, 77, 88, 99 oder 111 kommt, gewinnt einen Pluspunkt (aufschreiben oder ein Streichholz, Centstück, Gummibärchen o.Ä. nehmen). Wer als Erster über eine solche Zahl hinauskommt, hat einen Minuspunkt. Ihr könnt vorher verabreden, bei welcher Punktzahl man gewonnen hat. Achtung! Die Karten werden folgendermaßen gerechnet:
As = 1; Bube = 2; Dame = 3; König = 4;
7, 8, 9 und 10 = diese Zahlen

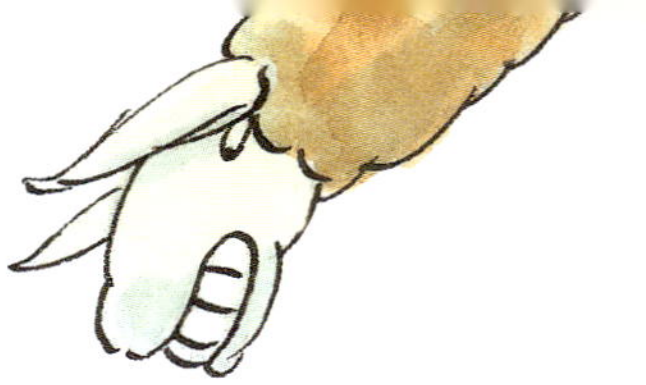

Würfelspiele

Verflixt!

Ihr würfelt reihum mit einem Würfel und zählt eure geworfenen Augen (Punkte auf dem Würfel) zusammen. Achtung: Jede 1 löscht alle gesammelten Punkte und man muss von vorn anfangen. Wer zuerst bei der Zahl 50 (oder auch 100) ankommt, hat gewonnen.

12 oder tot

Dreimal muss jeder würfeln, ein viertes Mal kann er, wenn er will. Die Augen werden addiert. Ziel ist es, so nahe wie möglich an die 12 zu kommen. Wer die 12 erreicht, gewinnt. Wer über die 12 kommt, ist „tot" und scheidet aus.

Stumme Jule

Ein Spiel, bei dem nicht gesprochen werden soll. Ihr braucht einen Würfel und für jeden Papier und Stift. Ihr würfelt reihum und jeder muss nacheinander die Zahlen von 1 bis 6 erreichen und aufschreiben. Wenn er diese Reihe voll hat, geht es wieder rückwärts, das heißt, die Zahlen werden von der 6 an durchgestrichen, sobald sie gewürfelt sind. Wer als Erster alle Zahlen durchgestrichen hat, ist Sieger.

Häuschen bauen

Außer einem Würfel braucht ihr für jeden Spieler Papier und Stift. Jeder entscheidet sich für eine Zahl zwischen 1 und 6 und schreibt sie deutlich in die Ecke seines Blatts. Jetzt wird gewürfelt. Wer seine Wunschzahl wirft, darf einen Strich am Haus machen. Das Haus entsteht mit insgesamt 13 Strichen: sechs Striche für das Haus mit Dach, drei Striche für die Tür, vier Striche für das Fenster. Wer sein Haus zuerst fertig hat, ist Sieger. Man kann das Spiel ein bisschen schwerer machen, indem man einen Schornstein aus drei Strichen hinzufügt. Den darf man aber erst malen, wenn das ganze Haus fertig ist und man eine 3 würfelt.

Sieben, komm!

Der Reihe nach bekommt jedes Kind zwei Würfel und versucht eine 7 zu erreichen. Das geht mit den Augenzahlen 2 + 5, 3 + 4 und 1 + 6. Ihr dürft so oft würfeln, wie ihr wollt. Alle zählen laut mit. Wer mit den wenigsten Würfen die 7 erreicht, ist Sieger.

Hausnummer

Jeder Spieler malt drei Kästchen aufs Blatt, das ist das leere Nummernschild, in das später die dreistellige Hausnummer kommen soll: Hunderter, Zehner und Einer. Jetzt wird reihum gewürfelt und jeder entscheidet, in welches Feld er die geworfene Zahl eintragen will. Eine 6 schreibt ihr natürlich am besten auf die Hunderterstelle. Bei anderen Zahlen müsst ihr überlegen, was ihr riskieren wollt. Man weiß ja nicht, was noch kommt. Wenn alle Hausnummern ausgefüllt sind, seht ihr, wer die höchste hat.

Fuchsschwanz

Jedes Kind bekommt 21 Streichhölzer und legt sie in sechs Reihen vor sich hin: unten sechs Streichhölzer, darüber fünf, dann vier, drei, zwei und ganz oben ein Streichholz. Das ist euer Fuchsschwanz. Jetzt wird gewürfelt. Zu jeder Zahl dürft ihr die passende Hölzchenreihe wegnehmen. Wer den Fuchsschwanz zuerst weg hat, ist Sieger. Man kann natürlich die Figur auch aus anderen kleinen Dingen legen: Büroklammern, Erbsen, Rosinen ...

Knastbrüder

Jedes Kind malt 50 Striche nebeneinander auf ein Blatt. Das sind die Tage, die es noch im Gefängnis bleiben muss. Bei jedem Würfeln darf es nun so viele Tage durchstreichen, wie es Augen geworfen hat. Achtung! Am Schluss wird es schwierig, denn die genaue Zahl der restlichen Tage muss getroffen werden. Wenn zum Beispiel nur noch zwei Tage übrig sind, aber eine 6 gewürfelt wird, muss der Spieler noch vier Striche dazumalen, also vier Tage länger im Knast verbringen. Wer alle Tage durchgestrichen hat, ist frei und hat gewonnen.

Spiele in Zimmer, Flur und Treppenhaus

Zimmer-Parcours

Mit Stühlen, Hockern, Kissen, Decken, einem gespannten Seil, aufgehängten Reifen und ähnlichen Sachen baut ihr einen Parcours durchs Zimmer, den alle Kinder mit Drüberklettern, Durchkriechen und Balancieren überwinden müssen. Schwieriger wird die Sache mit einem Buch auf dem Kopf oder einem Löffel in der Hand, auf dem ihr eine Kartoffel transportiert. Ideen sind gefragt!

Lappen-Hockey

Zwei Spieler, zwei Stühle, zwei Schrubber und ein Lappen – mehr ist nicht nötig. Die Stühle stehen sich als Tore gegenüber. Nun kommt es darauf an, den Lappen mit dem Schrubber ins gegnerische Tor zu schieben. Das geht natürlich nur auf glattem Boden. Und der wird nebenbei auch gleich ein bisschen sauberer. Vielleicht.

Kochlöffelballon

An den Enden des Zimmers steht je ein Eimer oder ein offener Karton. Beide Mannschaften versuchen nun einen aufgeblasenen Luftballon nur mit Hilfe von Kochlöffeln in den gegnerischen Eimer zu befördern.

Schwebeballon

Beide Spieler blasen die gleiche Anzahl Luftballons auf (vielleicht fünf), entweder jeder in seiner Farbe oder mit einem aufgemalten Zeichen. Nun müssen die Ballons die ganze Zeit in der Luft gehalten werden. Fällt ein Ballon auf den Boden, ist er aus dem Spiel. Gewonnen hat, wer die meisten Ballons oben halten konnte. Das geht natürlich auch mit zwei kleinen Mannschaften.

Tischtennis ohne Platte

Ihr könnt eine Schnur auf den Boden legen oder in niedriger Höhe spannen und dann den Tennisball hin und her schlagen, zum Beispiel so, dass er in jedem Feld nur einmal aufprallen darf. Wenn keine Schläger da sind, geht das auch mit einem nicht zu dicken Buch oder einem Plastikteller. Auch auf einem Tisch kann man so einfaches Tischtennis spielen.

Wecker suchen

Gibt es bei euch im Haus noch einen alten, laut tickenden Wecker oder einen Kurzzeitwecker aus der Küche, den man gut ticken hört, wenn es ganz still ist? Dann könnt ihr ein Kind aus dem Zimmer schicken, den Wecker zum Beispiel auf fünf Minuten einstellen und verstecken. Wer ihn findet, bevor er klingelt, hat einen Punkt oder einen kleinen Preis gewonnen.

Gruselzimmer

Das bereiten die Kinder für die Erwachsenen vor. Lappen oder Decken aufhängen, Fäden quer durchs Zimmer spannen, Stolperkissen auf dem Boden verteilen, kleine Heul-, Quietsch- oder Rasselinstrumente sowie genügend Taschenlampen bereithalten. Nun wird ein Erwachsener in das stockdunkle Zimmer eingelassen und muss sich darauf gefasst machen, dass ihn auf dem Weg durchs Gruselzimmer plötzlich Gespenster anfassen und anleuchten oder dass er einen nassen Waschlappen im Gesicht spürt. Ob er heil wieder herauskommt, ohne dass ein Gespenst ihm die Schuhe ausgezogen oder die Brille weggenommen hat?

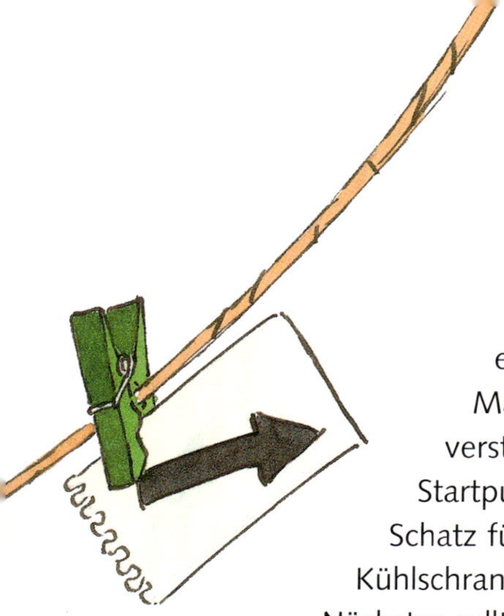

Schatzsuche

Dieses Spiel muss jemand vorbereiten. Ein Schatz (zum Beispiel eine Tüte mit Süßigkeiten oder Material für das nächste Spiel) wird gut versteckt. Die Sucher finden von einem Startpunkt aus immer neue Zettel, die sie zum Schatz führen. Ein Zettel liegt beispielsweise im Kühlschrank und schickt euch in den Keller. Als Nächstes sollt ihr vielleicht in einem blauen Schuh oder in einer Manteltasche nachsehen. Eurer Fantasie sind keine Grenzen gesetzt!

Hausaufgaben-Rallye

Ähnlich wie bei der Schatzsuche wartet auch hier am Ende eine Belohnung, aber vorher müssen verschiedene Aufgaben ausgeführt werden. Die Sucher bekommen Zettel und Stift und finden nun an den Stationen die Fragen, die sie beantworten sollen. Hier einige Beispiele: Wie viele Stufen gibt es im Haus? Welche Farbe hat die Seife im Bad? Wie viele Steckdosen sind im Wohnzimmer? Wie lange ist die Milch im Kühlschrank haltbar?

Treppensteigen

Die Treppe ist euer Spielfeld. Ihr braucht nur noch einen Würfel. Nun müsst ihr die Regeln vereinbaren. Man kann es so machen: Jeder steigt so viele Stufen höher, wie er Augen gewürfelt hat. Wer eine 1 würfelt, muss eine Stufe nach unten gehen. Bei einer 6 heißt es: einmal aussetzen. Landet ein Spieler auf einer besetzten Stufe, kann er den anderen eine Stufe tiefer oder zurück an den Start schicken. Wer ist zuerst ganz oben?

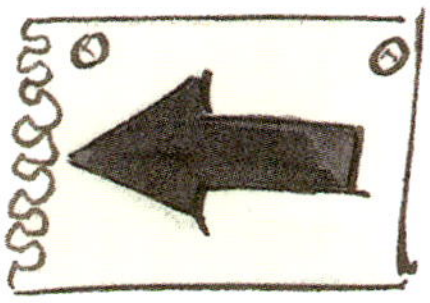

Abzählreime

Ene, mene, Tintenfass,
geh zur Schul und lerne was.
Wenn du was gelernet hast,
komm nach Haus und sag mir das.
Eins, zwei, drei
und du bist frei.

Ippe, dippe, dapp
und du bist ab.
Ab bist du noch lange nicht,
sag mir erst, wie alt du bist! (Jahre zählen)

Eine kleine Micky Maus
zog sich mal die Hose aus.
Zog sie wieder an
und du bist dran.

Eins, zwei, drei,
du bist frei.
Ich und du,
Müllers Kuh,
Müllers Esel,
das bis du.

Paul, Pauline,
Apfelsine,
Apfelkuchen,
du musst suchen.

Eins, zwei, drei, vier, fünf, sechs, sieben,
eine alte Frau kocht Rüben,
eine alte Frau kocht Speck,
und du bist weg.

Zehn Polizisten
hüpfen in die Kisten,
hüpfen wieder raus
und du bist aus.

Eine kleine Dickmadam
fuhr mal mit der Eisenbahn.
Eisenbahn, die krachte,
Dickmadam, die lachte.
Eins, zwei, drei,
du bist frei.

Lustige Klatschverse

Zwei Spieler klatschen im passenden Rhythmus abwechselnd in die eigenen Hände und in die des Partners: mal nur mit einer Hand, mal mit beiden Händen gleichzeitig, mal gerade, mal überkreuz und zwischendurch vielleicht auch auf die eigenen Oberschenkel. Einfach ausprobieren und dann das Tempo steigern!

Bei Müllers hat's gebrannt-brannt-brannt,
da bin ich hingerannt-rannt-rannt.
Da kam ein Polizist-zist-zist,
der schrieb mich auf die List-List-List.
Die List fiel in den Dreck-Dreck-Dreck,
da war mein Name weg-weg-weg.
Da lief ich schnell nach Haus-Haus-Haus
zu meinem Onkel Klaus-Klaus-Klaus.
Der lag schon längst im Bett-Bett-Bett
mit seiner Frau Elisabeth.

Meine Mu-, meine Mu-, meine Mutter schickt mich her.
ob der Ku-, ob der Ku-, ob der Kuchen fertig wär.
Wenn er no-, wenn er no-, wenn er noch nicht fertig wär,
käm ich mo-, käm ich mo-, käm ich morgen wieder her.

Wir sagen no, wir sagen si,
wir sagen em-pong-pi.
Kolo-ni kolo-nas-tik em-pong-pi ko-lo-ni.
Aka-de-mi sa-fa-ri, aka-de-mi puff, puff
obendruff!

Doppel doppel dies dies, doppel doppel das das,
doppel dies, doppel das, doppel doppel dies das.

Laufen und verstecken

Verstecken

Der Sucher stellt sich an eine Wand, hält die Hände vors Gesicht und zählt bis 30. Die anderen verstecken sich. Bevor der Sucher losgeht, ruft er laut: „Eins, zwei, drei, vier Eckstein, alles muss versteckt sein, hinter mir, da gilt es nicht – eins, zwei, drei, ich komme!" Hat er ein Kind entdeckt, läuft er zur Abzählstelle zurück, schlägt dreimal mit der Hand auf und ruft dessen Namen, zum Beispiel: „Eins, zwei, drei für Anna!" Kann ein Kind schneller als der Sucher an die Abzählstelle laufen, ist es gerettet und darf sich noch einmal verstecken.

Verstecken mit Nachlaufen

Ihr zählt einen Fänger aus und vereinbart ein Freimal („Freio"), das heißt, eine Stelle, an der man nicht abgeschlagen werden darf. Das kann ein Laternenpfahl, ein Baum, ein Zaun oder ein auf den Boden gemalter Kreis sein. Der Fänger zählt jetzt laut bis 30 und sucht dann die versteckten Kinder. Wer entdeckt ist, läuft weg und muss gefangen werden. Beim „Freio" ist er in Sicherheit, kann aber erst weg, wenn ein anderes Kind ihn durch Antippen erlöst. Wer gefangen ist, scheidet aus.

Ochs am Berg

Ihr zählt ein Kind aus. Das ist der erste „Ochs". Er dreht sich mit dem Gesicht zur Wand, während ihr euch etwas entfernt hinter einer Linie aufstellt. Jetzt ruft der Ochs laut: „Eins, zwei, drei, vier, Ochs am Berg!" In dieser Zeit dürft ihr auf ihn zugehen, aber Achtung! Beim Wort „Berg" dreht sich der Ochs blitzschnell um. Wer sich dann noch bewegt, muss an die Linie zurück. Der Ochs ist schlau und ruft auch mal ganz langsam, dann wieder schneller um die Mitspieler zu überraschen. Wer es als Erster schafft, die Wand zu berühren, wird neuer Ochs.

Eierlaufen & Co

Es müssen nicht Eier sein, es können auch Kartoffeln, Kastanien, Mandarinen oder Tischtennisbälle sein. Als Transportmittel eignen sich Löffel, Teller und Brettchen. Auch mit Wasser gefüllte Becher auf einem Tablett versprechen ein spannendes Wettrennen. Hauptsache ist eine abgesteckte Rennbahn, vielleicht mit Hindernissen, wie quergelegte Balken oder Kisten, über die die Läufer steigen müssen. Ihr könnt einzeln gegeneinander antreten oder einen Staffellauf zweier Mannschaften veranstalten. Einer gibt das Startzeichen – und los geht's.

Enten-, Storch- und Affen-Rennen

Alle Enten gehen in die Hocke, stemmen die Handflächen gegen die Hüfte und watscheln um die Wette. Als Wendepunkt steckt ihr einen Stock in die Erde, den die Enten umrunden, bevor sie wieder zurückwatscheln. Spannender ist eine Entenkette, bei der jeder seine Vorder-Ente an den Hüften festhält – jetzt gemeinsam watscheln.

Falls ihr lieber Störche sein wollt, die ja bekanntlich gern auf einem Bein stehen, haltet ihr einen Fuß mit der Hand auf dem Rücken fest und macht ein Hüpfrennen. Wer das zweite Bein benutzt oder umfällt, muss an die Startlinie zurück und von vorn beginnen.

Die Affen machen es so: Jeder bückt sich und hält beim Laufen seine eigenen Fußgelenke fest.

Oder wollt ihr lieber Frösche sein? Die hüpfen – aus der Hocke heraus, bis die Beine gestreckt sind.

Fallen euch noch mehr Tiere ein?

Quadratlatschenrennen

Einfach jeden Fuß in eine Pappschachtel stellen und losschlurfen. Bei Mannschaften kommt noch das Umsteigen hinzu – der Nächste zieht die Quadratlatschen an und weiter geht's.

Wettlauf um die Insel

Jedes Kind – bis auf eins – bekommt ein Stück Straßenkreide und entfernt sich mehrere Meter von den anderen. Dann malt jeder mit der Kreide einen Kreis um seine Füße herum, eine Insel. Das Kind, das keine Kreide hat und darum keine Insel zeichnen kann, ruft jetzt laut „Ich brauche eine Insel!", läuft los und versucht eine Insel zu erreichen. Gleichzeitig rennen alle anderen ebenfalls los und versuchen eine andere Insel zu erwischen. Am Ende bleibt wieder ein Kind übrig und das Spiel beginnt von vorn. Noch lustiger, aber auch schwieriger wird das Spiel, wenn ihr hüpft oder auf allen Vieren lauft.

Fangspiele

König, ich bin in deinem Land

Der Kreis ist das Land des Königs. Mit dem Ruf „König, ich bin in deinem Land!" versucht ihr in sein Land einzudringen und schnell dreimal mit der Hand auf den Boden zu schlagen. Wessen Hand der König dabei erwischt, muss ihn ablösen.

Hexe, was kochst du heut?

Die Hexe steht vorn allein. Hinter ihrem Rücken bilden die anderen Kinder in weitem Abstand eine Reihe. Sie rufen immer wieder: „Hexe, was kochst du heut?" Die Hexe antwortet zum Beispiel „Erbsen", „Gummibärchen" oder „Regenwürmer" – jedenfalls etwas, das Hexen essen würden. Dabei dürfen die anderen jedes Mal einen Schritt vorgehen. Irgendwann dreht sich die Hexe auf die Frage hin aber um und schreit: „Gift!" Dann rennen alle schnell weg und die Hexe versucht ein Kind zu fangen. Das wird dann die nächste Hexe.

Fuchs, wie spät ist es?

Geht ähnlich wie das Hexenspiel. Einer ist der Fuchs, die anderen sind die Gänse. Die Gänse rufen: „Fuchs, Fuchs, Fuchs, wie spät ist es?“ Solange der Fuchs mit irgendeiner Uhrzeit antwortet (drei Uhr, halb fünf, Viertel vor sieben), trauen sich die Gänse immer näher an ihn heran. Ruft er aber „Frühstück“, „Mittagessen“ oder „Abendbrot“, will er sich eine Gänsemahlzeit schnappen und das heißt: Nichts wie weg! Wenn ihr auf einem Spielplatz seid, könnt ihr vereinbaren, dass die Gänse sich retten können, indem sie irgendwo hochklettern (Bank, Zaun, Klettergerüst, Schaukel).

Fuchs im Loch

Das Fuchsloch ist ein großer Kreis von etwa zwei Metern Durchmesser (mindestens drei Kinderschritte). Den darf der Fuchs nicht verlassen. Jetzt müsst ihr den Fuchs ärgern. Ihr ruft „Fuchs im Loch, fang uns doch!“, lauft dabei um den Kreis und versucht auch quer durchs Fuchsloch zu flitzen. Wen der Fuchs berührt, der scheidet aus. Tritt der Fuchs über die Linie, scheidet er selbst aus. Wer zuletzt übrig ist, wird neuer Fuchs.

Englisch abschlagen

Der erste Fänger wird ausgelost und alle rennen durcheinander. Dort, wo der Fänger ein Kind berührt, muss es mit einer Hand hinfassen und als neuer Fänger in dieser Haltung weiterlaufen. Das sieht lustig aus und kann schwierig werden, wenn ihr zum Beispiel mit einer Hand am Knie oder am Po rennen sollt.

Kettenfangen

Zu Beginn grenzt ihr ein genügend großes Spielfeld ab, aus dem man nicht hinauslaufen soll. Ein Kind wird als Fänger bestimmt und versucht nun ein anderes abzuschlagen. Gelingt es ihm, fasst es das zweite Kind an der Hand. Jetzt versuchen beide gemeinsam ein neues Kind zu fangen. So bildet sich eine immer größere Kette, die mit ihren zwei freien Händen weiterfangen kann.

Dritten abschlagen

Die Gruppe lost einen Fänger und einen Läufer aus. Die anderen stellen sich paarweise hintereinander im Kreis auf. Auf ein Zeichen rennt der Fänger los und versucht den Läufer abzuschlagen. Der kann sich aber retten, indem er in den Kreis läuft und sich vor ein Kinderpaar stellt. Dafür muss nun aber der Hinterste, der jetzt Dritter geworden ist, schnell wegrennen und kann sich auf dieselbe Weise retten. Wer abgeschlagen worden ist, wird neuer Fänger.

Schnappmännchen

In der Mitte eines großen Spielfelds hat das Schnappmännchen einen etwa drei Schritte breiten Laufstreifen, den es nicht verlassen darf. Die anderen Kinder stehen an der einen Seite des Feldes. Jetzt ruft das Schnappmännchen: „Ich schnappe euch!“ Die Kinder antworten „Du schnappst uns nicht!“ und rennen los auf die andere Seite. Wer dabei vom Schnappmännchen berührt wird, scheidet aus. So geht es hin und her, bis das letzte Kind übrig ist und neues Schnappmännchen wird.

Ballspiele

Eierlegen

Dafür braucht ihr eine Wand. Stellt euch hintereinander auf. Das erste Kind wirft den Ball so an die Wand, dass er danach auf die Erde prallt. Dabei springt das Kind mit gegrätschten Beinen über den Ball und das nächste Kind muss ihn fangen. Kinder, die gesprungen sind, stellen sich hinten wieder an. Wer den Ball nicht fängt, scheidet aus. Eierlegen könnt ihr auch als Wettkampf zwischen zwei Mannschaften spielen.

Namenball

Für dieses Spiel könnt ihr eure eigenen Vornamen benutzen oder euch neue Namen geben, zum Beispiel von Tieren (Hund, Katze, Igel, Stachelschwein, ...), Blumen, Bäumen oder irgendwelchen Dingen (Teller, Tasse, Messer, Gabel, ...). Merkt euch dann euren Namen gut! Das erste Kind ist der Rufer. Es wirft den Ball hoch in die Luft oder knallt ihn fest auf den Boden und ruft dabei einen Namen. Das gerufene Kind muss ihn auffangen oder vom Boden aufheben, während die anderen schnell wegrennen. Sobald es den Ball hat, ruft es: „Stopp!" Dann müssen alle sofort stehen bleiben und das Kind versucht von seinem Platz aus eins der anderen mit dem Ball abzuwerfen. Wer getroffen wurde, ist der nächste Rufer. Kann das Kind niemanden treffen, ruft es selbst nochmal.

Kaiser, König, Edelmann, Bürger, Bauer, Bettelmann

So zählte man in früheren Zeiten vom höchsten Rang zum niedrigsten. Im Spiel geht es vom besten Platz zum schlechtesten. Es gibt verschiedene Spielformen:

1. Alle stehen im Kreis und werfen sich kreuz und quer den Ball zu. Solange man ihn fängt, ist man Kaiser. Wer ihn zum ersten Mal fallen lässt, ist nur noch König, beim zweiten Mal Edelmann und so geht es weiter. Wer Bettelmann wird, scheidet aus, das heißt, er geht aus dem Kreis oder setzt sich auf den Boden.
2. Wenn genau sechs Mitspieler da sind, wird zuerst ausgelost, wer Kaiser, König usw. ist. Jeder zieht dann einen Kreis um sich herum und kennzeichnet ihn mit seinem Titel oder dessen Anfangsbuchstaben (Ka, Kö, E, Bü, Ba, Be). Der Kaiser wirft zuerst den Ball dem König zu und ruft dabei: „König!" Kann der ihn fangen, wirft er ihn weiter und ruft dabei ein neues Kind mit seinem Titel an. Muss er aber seinen Königskreis verlassen um den Ball zu holen, versuchen die anderen schnell seinen Platz zu besetzen. Auch der erste Kaiser muss mitrennen. Jeder probiert nun beim Werfen, ob er einen besseren Platz erwischen kann.

Handtuchball

Zwei Kinder halten zusammen ein Handtuch an den Ecken und schleudern damit den Ball zu den beiden anderen, die versuchen ihn mit einem Handtuch zu fangen. Gar nicht so einfach, denn man muss gemeinsam mit dem gespannten Tuch dem Ball entgegenlaufen. Ob es auch zu viert mit einem Bettuch klappt?

Helferball

Ein Kind wird als Fänger ausgesucht, die anderen sind die Läufer und haben einen Ball, den sie sich gegenseitig zuwerfen. Immer, wenn der Fänger einem Läufer dicht auf den Fersen ist, wirft ihm ein anderer schnell den Ball zu, denn ein Kind mit Ball darf nicht abgeschlagen werden. Wer gefangen wird, ist neuer Fänger.

Bußball

Ihr steht im Kreis und werft euch rasch den Ball zu. Wer ihn nicht fängt, muss Buße tun, das bedeutet: Beim ersten Mal muss er knieend weiterspielen. Fängt er den Ball zum zweiten Mal nicht, geht es im Sitzen weiter, dann auf dem Bauch liegend. Büßer, die den Ball fangen, kommen jeweils wieder eine Stufe höher.

Eckball

Ihr grenzt ein quadratisches Spielfeld mit einer Seitenlänge von zehn Schritten ab. Die Ecken werden innen mit einem Bogen abgeteilt, das sind die Plätze der vier Werfer. Die anderen Kinder laufen im Feld herum. Nun werfen sich die Werfer den Ball zu, zielen aber im passenden Moment auf einen Läufer um ihn abzuwerfen. Gelingt das, scheidet das getroffene Kind aus. Fliegt der Ball aber vorbei oder kann der Getroffene ihn schnappen, scheidet der Werfer aus. Gewonnen hat die Mannschaft, die sich am längsten hält.

Schrittball

Zeichnet zwei Linien auf den Boden, die ungefähr 20 Schritte voneinander entfernt sind. Auf der einen stellen sich die Spieler in einer Reihe so auf, dass sie beide Linien im Rücken haben. Drei bis fünf Schritte vor den Kindern steht der Werfer mit dem Ball und wirft ihn nacheinander jedem Kind zu. Wer den Ball fängt, darf einen Schritt rückwärts gehen. Wer ihn fallen lässt, muss an seinem Platz bleiben. Das Fangen wird mit zunehmender Entfernung natürlich immer ein bisschen schwieriger. Sieger ist, wer als Erster die andere Linie erreicht hat.

Ball-Tunnel-Staffel

Zwei Mannschaften stehen mit gegrätschten Beinen hintereinander. Jede bekommt einen Ball, der entweder unter den Beinen durchgerollt oder durchgereicht werden muss. Man kann den Ball auch über die Köpfe geben. Sobald das letzte Kind einer Mannschaft den Ball hat, stellt es sich vorn wieder an und das Spiel geht weiter. Gewonnen hat die Mannschaft, die als erste wieder die Anfangsaufstellung erreicht.

Pulloverball

Es gibt eine Startlinie, etwa 20 Schritte davon entfernt die Umziehstelle, an der ein alter Pullover liegt, und noch einmal 20 Schritte weiter einen Wendepunkt, der durch einen Stock, Stuhl oder Karton markiert ist. Bildet zwei Mannschaften, eine davon stellt sich hintereinander an der Startlinie auf. Achtung – fertig – los! Das erste Kind läuft los und prellt dabei den Ball vor sich auf den Boden. Am ersten Mal legt es den Ball hin, zieht schnell den Pullover an, prellt weiter bis um den Wendepunkt herum, zieht den Pullover wieder aus und legt ihn an seinen Platz. Jetzt schnell zurück und dem zweiten Kind den Ball übergeben. Sobald alle Kinder des ersten Teams gelaufen sind, stoppt ihr die Zeit. Dann geht die zweite Mannschaft an den Start. Das schnellere Team ist Sieger.

Burgverteidigung

Stellt euch im Kreis mit gegrätschten Beinen so auf, dass eure Füße sich berühren. Das ist der Burgwall. Der Ballwerfer steht außerhalb und versucht den Ball ins Innere des Kreises zu werfen, was die anderen verhindern wollen. Dabei müsst ihr fest stehen bleiben und dürft nur die Hände benutzen. Wer den Ball durchgelassen hat, wird neuer Werfer.

Geländespiele

Räuber und Gendarm

Am besten eignet sich für dieses Spiel ein unübersichtliches Gelände mit Büschen und Bäumen. Am Anfang vereinbart ihr, wie weit das Spielgebiet reichen soll, und bestimmt einen Platz für das Gefängnis, zum Beispiel eine Bank oder ein Erdloch. Dann bildet ihr zwei Mannschaften: Die einen sind die Räuber, die anderen die Gendarmen (= Polizisten). Die Gendarmen binden sich als Kennzeichen ein Tuch um einen Arm. Sie geben den Räubern Vorsprung zum Verstecken, indem sie mit dem Rücken zum Spielfeld laut bis 50 zählen oder eine vereinbarte Minutenzahl abwarten. Dann geht die Verfolgungsjagd los. Wenn ein Gendarm einen Räuber aufgespürt hat, muss er versuchen ihm einen Schlag auf den Rücken zu geben, denn erst dann muss der Räuber mit ins Gefängnis gehen und dort bleiben. Vorher kann er noch ausreißen. Man kann auch vereinbaren, dass ein gefangener Räuber durch einen anderen wieder befreit werden darf. Wenn alle Räuber gefangen sind, werden die Rollen getauscht und das Spiel beginnt von vorn.

Postüberfall

Ein großes Gelände wird als Spielfeld bestimmt. Dann teilt ihr euch in Postboten und Posträuber auf. Jeder Postbote bekommt einen Zettel, auf dem sein Name steht. Die Zettel müssen später zum Briefkasten befördert werden, das ist ein vereinbarter Platz im Gelände, den nur die Postboten kennen. Nun bekommen die Posträuber einen Vorsprung und verstecken sich im Gelände. Die Postboten versuchen, ihre Briefe durch diese gefährliche Gegend bis zum Briefkasten zu bringen. Wer unterwegs von einem Räuber erwischt wird, muss ihm seine Karte geben. Die Postboten gewinnen, wenn sie mehr als die Hälfte der Briefe ans Ziel gebracht haben.

Schnitzeljagd

Teilt euch in zwei Gruppen auf. Da es bei diesem Spiel weit ins Gelände geht, sollte jede Gruppe einen Erwachsenen mitnehmen. Die erste Gruppe geht als Spurenleger voraus. Für die Spuren eignen sich Sägespäne oder bunte Wollfäden, die man an Sträucher und Bäume bindet. Ihr könnt auch Irrwege legen, dann solltet ihr deren Ende jedoch mit einem Spezialzeichen, etwa einem Kreuz, kennzeichnen. Nach einer halben Stunde macht sich die zweite Gruppe auf. Am Ziel wartet eine Belohnung, etwa ein Schatzkiste voller Süßigkeiten. Das Versteck ist vielleicht mit einem Fähnchen angezeigt.

Mit langem Seil und Reifen

Welle

Ein Kind nimmt beide Seilenden in eine Hand, die anderen stellen sich im Kreis um das Kind herum. Auf die Plätze – fertig – los! Das Kind in der Mitte dreht sich nun schnell um sich selbst herum und lässt dabei das Seil über den Boden schleifen. Die Kinder im Kreis versuchen darüber zu hüpfen. Wer hängen bleibt, tauscht mit dem Kind in der Mitte die Rolle und schon beginnt das Spiel wieder von vorn.

Uhr

Die beiden Seilschwinger rufen: „Die Uhr schlägt eins!" Dann springt jedes Kind einmal übers Seil und läuft wieder hinaus. Bei zwei zweimal, bei drei dreimal und so geht es weiter bis zwölf Uhr. Danach erst mal Luft holen!

Teddybär

Was soll der Teddybär machen, wenn er im Seil springt?
Dafür gibt es diese Verse, die im Takt gerufen werden:

Teddybär, Teddybär, spring hinein,
Teddybär, Teddybär, das war fein,
Teddybär, Teddybär, dreh dich um,
Teddybär, Teddybär, mach dich krumm,
Teddybär, Teddybär, heb ein Bein,
Teddybär, Teddybär, lass das sein,
Teddybär, Teddybär, zeig deinen Schuh,
Teddybär, Teddybär, wie alt bist du? (Ab hier mitzählen,
bis der Hüpfer einen Fehler macht.)

oder:

Teddybär, Teddybär, bau ein Haus (mit den Händen
überm Kopf ein Dach bilden),
Teddybär, Teddybär, spring hinaus.

Mutter ruft die Kinder rein

Ein Kind springt im Seil und ruft oder singt dabei: „Mutter ruft die Kinder rein, Annalena (Namen eines Mitspielers nennen), komm herein!“ Das gerufene Kind springt mit hinein. Nun springen sie zusammen, zählen dabei vielleicht bis acht und laufen wieder hinaus.

Tigerball

Den Hula-Hoop-Reifen lasst ihr normalerweise gern um den Körper tanzen, aber natürlich könnt ihr ihn auch für andere Spiele gebrauchen. Zum Beispiel: Zwei Kinder spielen sich einen Ball durch den Reifen hindurch zu, den in der Mitte jemand hochhält. Schwerer wird es, wenn der Reifen erst im letzten Moment von der Seite her geworfen wird und der Ball durch den fliegenden Reifen springen soll. Probiert es mal!

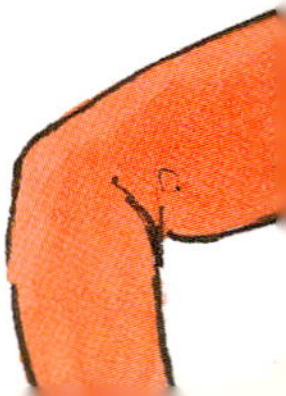

Durch den Reifen steigen

Ihr steht im Kreis und haltet euch fest an den Händen. Zwischen zwei Kindern hängt ein Reifen an den Armen. Und jetzt müsst ihr nacheinander durchsteigen ohne euch loszulassen.

Hamburg oder Berlin?

Statt zu zweit mit einem Seil Pferd zu spielen, könnt ihr auch eine zweispännige Kutsche bauen: vorn zwei Pferde, dahinter der Kutscher, der das Seil als Zügel fasst. Um den Bauch hat er noch einen Reifen, den das vierte Kind hinten festhält. Los geht's! Wer einsteigen (also in den Reifen steigen) will, wird gefragt: „Wo willst du hin, Hamburg oder Berlin?“ Passt auf, dass die Pferde nicht durchgehen und dass die Kutsche nicht zu sehr eiert und am Ende auseinander bricht.

Hüpfekästchen

Grundregeln

Für die Hüpfekästchen gibt es viele verschiedene Formen und Regeln. Gleich bleibt, dass jeder Spieler eine Hüpfreise durch das ganze Spielfeld macht und dabei einen Stein mitnimmt. Wer einen Fehler macht, hört auf und darf später an der Fehlerstelle weitermachen. Fehler sind:

- auf einen Strich treten
- in ein verbotenes Feld treten
- etwas in der Reihenfolge vergessen
- den Stein auf einem Strich oder in einem verbotenen Feld landen lassen

Himmel und Hölle

Werft den Stein ins Feld „Erde“. Hüpft auf dem linken Bein von Feld 1 bis zum Himmel, wo ihr auf beiden Beinen landet und euch im Sprung umdreht. Dann hüpft ihr auf dem rechten Bein zurück und hebt dabei den Stein auf. Zweite Runde: den Stein in Feld 2 werfen usw. Achtung: Erde, Hölle und das Feld, in dem der Stein liegt, dürfen nicht betreten werden. Im Himmel darf man sich auf beiden Beinen ausruhen.

Schnecke

Stellt euch am Eingang des Schneckenhauses hin und werft den Stein in Feld 1. Dann wird einmal durch das Schneckenhaus gehüpft, wobei ihr das Feld, in dem euer Stein liegt, überspringt. In der Mitte des Schneckenhauses könnt ihr verschnaufen. Auf dem Rückweg hebt ihr den Stein auf. In der nächsten Runde werft ihr den Stein in Feld 2 und so geht es immer weiter.

Wochenuhr

Ihr müsst den Stein nacheinander auf die Zahlen und die Wochentage in der richtigen Reihenfolge werfen.
Auf „Sonntag“ könnt ihr euch ausruhen. Hölle auslassen!

Über den Fluss

Auch hier wird der Stein nacheinander in die Felder geworfen. Auf den Blumenfeldern dürft ihr euch ausruhen. In der zweiten Runde hüpft ihr mit geschlossenen Augen. Wer ins Wasser fällt, scheidet aus.

Mit Murmeln und Steinen

Klassisches Murmelspiel

Das geht nur auf unbefestigtem Boden. Ihr grabt eine kleine Kuhle, etwa so groß wie eine Kaffeetasse, und im Abstand von zwei bis drei Metern zieht ihr eine Abwurflinie. Erste Runde: Zielen. Jedes Kind rollt nacheinander drei Murmeln. Landet eine in der Grube, darf es sie herausnehmen. Die anderen bleiben liegen. Nachdem jedes Kind gerollt hat, kommt die zweite Runde: Schubsen. Wer in der ersten Runde zuerst eine Murmel in der Grube hatte, versucht nun die herumliegenden Murmeln mit gekrümmtem Zeigefinger in die Grube zu schubsen. Solange er das schafft, darf er weitermachen und bekommt alle Murmeln aus dem Loch. Schubst er vorbei, ist das nächste Kind dran. Sieger ist, wer zum Schluss die meisten Murmeln hat. Ihr könnt euch überlegen, ob die gewonnenen Murmeln wirklich dem Spieler gehören sollen oder ob er einen Gewinnpunkt bekommt und die Murmeln wieder an alle verteilt werden.

Murmelbombe

Zeichnet einen kleinen Kreis auf den Boden (Durchmesser: etwa wie eine gespreizte Hand). Jedes Kind legt drei Murmeln in den Kreis. Jetzt darf der erste Spieler aus ungefähr einem Meter Höhe eine Murmel auf die anderen fallen lassen. Peng! Alle Murmeln, die dabei aus dem Kreis rollen, gehören ihm. Dann ist das nächste Kind an der Reihe.

Murmelboccia

Das geht am besten auf Sandboden oder ebener Erde. Man spielt es zu zweit oder in zwei Parteien. Ihr grenzt zuerst ein Spielfeld ab und zeichnet eine Grundlinie, von der aus geworfen wird. Jeder Mitspieler hat fünf Murmeln in einer bestimmten Farbe. Nun wird die Zielmurmel (am besten eine dickere) ins Feld geworfen und jedes Kind versucht seine Murmeln möglichst nahe an diese zu werfen. Dabei darf man auch gegnerische Murmeln wegschießen. Wer nach der ersten Runde eine seiner Murmeln am nächsten an der Zielmurmel liegen hat, bekommt einen Punkt. Wenn zwei Teams spielen, werfen sie abwechselnd je eine Murmel und am Schluss werden die besten Murmeln der Mannschaft zusammengezählt.

Murmeltore

In einen Schuhkarton schneidet ihr Tore von verschiedener Breite und Höhe. Darüber schreibt ihr eine Punktzahl. Je kleiner das Tor, desto mehr Punkte bringt es. Nun legt ihr in einiger Entfernung eine Schnur als Startlinie hin und zielt mit Murmeln auf die Tore. Punktzahlen aufschreiben und am Schluss zusammenrechnen.

Schiffe versenken

Jedes Kind klebt ein ausgeschnittenes Schiffchen auf eine Streichholzschachtel und hat fünf Murmeln. Die Schiffe werden in einiger Entfernung zur Startlinie aufgestellt. Der Reihe nach versucht jedes Kind so viele Schiffe wie möglich durch gezielte Treffer zu versenken, indem es die Schachteln mit seinen Murmeln umstößt.

Murmelmaus

Baut aus dem Deckel eines Schuhkartons eine Mausefalle: Schneidet acht Löcher (= Fallen) hinein und markiert eine Rennstrecke vom Mauseloch zum Käse. Dann versucht ihr nacheinander die Murmel (= Maus) an den Fallen vorbei zum Käse zu rollen. Dabei haltet ihr den Deckel mit beiden Händen fest.

Tic-Tac-Toe

Ein spannendes Spiel für zwei Kinder mit Augenmaß und unterschiedlichen Murmeln. Zeichnet auf den Boden ein Quadrat, das ihr in neun gleich große Felder unterteilt, und in einiger Entfernung eine Startlinie. Von dort aus versucht ihr abwechselnd je eine Murmel in ein Feld zu schnippen. Dabei soll eine gerade oder diagonale Reihe (= Tic-Tac-Toe) entstehen. Wer das zuerst schafft, hat gewonnen.

Letzter Stein

Ein Spiel für zwei Kinder. Legt zehn Steine (oder andere kleine Dinge wie Knöpfe, Muscheln, Nüsse) in eine Reihe. Jetzt darf abwechselnd jedes Kind einen beliebigen Stein oder zwei nebeneinander liegende Steine wegnehmen. Gewonnen hat, wer den letzten Stein wegnehmen konnte.

Ungerade

Noch ein Spiel für zwei Kinder. Legt 15 Steine (oder auch Murmeln) in beliebiger Anordnung auf den Boden. Abwechselnd nimmt jeder entweder einen, zwei oder drei Steine weg. Wer zuletzt eine ungerade Zahl Steine besitzt, hat verloren.

Wildwasser

Malt eine Reihe von zehn Feldern auf den Boden, die einen Sprung voneinander entfernt sind. Das sind die Trittsteine, dazwischen ist der Fluss. Nun wirft man einen Stein auf ein Feld und springt hinterher. Wenn Stein oder Spieler im „Wasser" landen: zurück und hinten anstellen! Wer ist als Erster am Ufer?

Steinschnuppen fangen

Aus einem gesammelten Vorrat kleiner Steinchen legt sich jedes Kind eine bestimmte Anzahl Steinchen (drei oder mehr) auf die flache Hand, wirft sie in die Luft und versucht möglichst viele wieder aufzufangen. Die darf es dann behalten. Oder: Steinchen zuerst auf den Handrücken legen und nach dem Hochwerfen schnell von oben schnappen.

Wurfpyramide

Zeichnet die abgebildete Pyramide auf den Boden und vereinbart die Anzahl der Spielrunden, zum Beispiel zehn. Von einer Ziellinie aus werft ihr nun abwechselnd ins Spielfeld. Die getroffenen Zahlen werden als Punkte zusammengezählt. Sieger ist, wer die meisten Punkte hat.

Spiele mit Wasser

Wasserballonzielwurf

Füllt viele Luftballons mit Wasser. Auf ein großes Brett, das ihr an eine Mauer lehnt, malt ihr mit Wachskreide eine Zielscheibe. Los geht's! Jedes Kind hat fünf Würfe. Sieger ist, wer die Zielscheibe am häufigsten trifft.

Wassertransport

Stellt euch in zwei Reihen hintereinander auf. Vor dem ersten Kind steht jeweils ein gefüllter Eimer, hinter dem letzten ein leerer. Das erste Kind schöpft mit einem leeren Jogurtbecher Wasser und gibt ihn an das nächste Kind weiter. Das letzte Kind schüttet das restliche Wasser in den zweiten Eimer, läuft mit dem Becher nach vorn, stellt sich an und weiter geht's. Nach ein oder zwei Minuten heißt es „Stopp!" und ihr messt nach, welches Team das meiste Wasser in den zweiten Eimer gebracht hat. Statt den Becher weiterzureichen könnt ihr auch so spielen: Jedes Kind hat einen Becher und das Wasser wird schnell von Becher zu Becher weitergegeben.

Schüsselregatta

Gießt Wasser in ein Plantschbecken und stellt gefüllte Flaschen als Hindernisse hinein. Nun pustet ihr mit einem Trinkhalm einen Tischtennisball um die Flaschen herum auf die andere Seite. Geht auch mit Papierschiffchen.

Blindes Wasserhuhn

Ihr grenzt ein Spielfeld ab und teilt euch in zwei Teams, die sich am Rand gegenüberstehen. Zwei Kinder gehen in das Feld und bekommen die Augen verbunden, das sind die Wasserhühner. Eins davon hat ein gefülltes Wasserspritztier in der Hand und muss versuchen das andere Huhn nass zu spritzen. Die Kinder am Rand halten jeweils zu ihrem Huhn und geben ihm durch Zurufe Tipps, wann und wohin es spritzen oder ausweichen soll. Wenn ein Huhn getroffen ist, ist das nächste Paar dran.

Wasserballonflug

Stellt euch zu zweit gegenüber und werft euch einen mit Wasser gefüllten Ballon zu. Nach jedem Auffangen geht ihr einen kleinen Schritt rückwärts, sodass der Abstand immer größer wird. Welches Paar schafft den größten Abstand, bevor der Ballon platzt?

Flutschbahn

Auf einem ebenen Untergrund (am besten einer Wiese ohne Steine und Löcher) breitet ihr eine große, starke Folie aus und begießt sie mit Wasser. Noch toller wird es, wenn ihr darin etwas hautverträgliche Seife, zum Beispiel Schmierseife oder Duschbad, auflöst (kein Spül- oder Waschmittel). Jetzt Anlauf nehmen und schlittern!

Wasserstaffel

An einer Startlinie stehen zwei Mannschaften hintereinander. Vor dem ersten Kind steht je ein voller Wassereimer und in etwa 30 Schritten Entfernung ein leerer Eimer. Auf das Kommando „Wasser, marsch!“ transportiert jede Gruppe das Wasser vom vollen zum leeren Eimer. Aber wie? Jetzt könnt ihr euch die lustigste Art aussuchen oder selber eine neue erfinden. Hier einige Vorschläge: mit einer Plastiktasse, mit einer Suppenkelle, mit einer durchlöcherten Büchse, mit einem Schwamm, den man über dem leeren Eimer ausdrückt, mit einem Becher auf einem Tablett oder auch nur mit den hohlen Händen. Dieses Spiel spielt man natürlich am besten an einem heißen Sommertag in Badesachen.

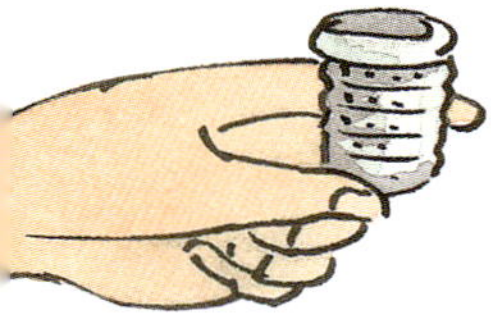

Reifen ziehen

Bindet zwei Schwimmreifen mit einer starken Schnur (etwa einem Springseil) so zusammen, dass sie noch etwas Abstand haben. Dann stellen sich im flachen Wasser zwei Kinder in die Reifen, mit dem Rücken zueinander, und jeder versucht den anderen in seine Richtung zu ziehen. Als Ziel können sich je zwei andere Kinder wie ein Tor an beide Seiten stellen. Wer den anderen bis dahin schleppen kann, gewinnt.

Tigerball im Wasser

Im flachen Wasser (zum Beispiel Nichtschwimmerbecken) stellt ihr euch im Kreis auf. In der Mitte steht der Tiger. Nun werft ihr euch einen Wasserball untereinander zu und zielt dann plötzlich auf den Tiger. Der kann entweder ausweichen oder schnell untertauchen um dem Ball zu entgehen. Wer den Tiger trifft, wird sein Nachfolger.

Aal im Kanal

Im Nichtschwimmerbecken durch die gegrätschten Beine eines anderen tauchen – das macht Riesenspaß. Man kann daraus auch ein kleines Wettspiel für zwei Mannschaften machen. Die Kinder eines Teams (höchstens vier) stellen sich hintereinander auf, das erste taucht durch die Reihe und stellt sich hinten wieder an. Gewonnen hat die Mannschaft, die zuerst wieder wie am Anfang steht.

Was soll das Pfand in meiner Hand?

Bei vielen Spielen muss man ein Pfand geben, wenn man einen Fehler macht oder eine Aufgabe nicht schafft. Das könnte zum Beispiel sein: Armbanduhr, Ring, Schal, Gürtel, Taschentuch, Schuh, Socke, Handschuh, Schlüssel, Haarspange, Mütze, ... – auf jeden Fall ein Gegenstand, den der Besitzer wiedererkennt.

Die Pfänder werden gesammelt und unter einem Tuch versteckt. Ein Kind greift nach einem Pfand und fragt: „Was soll das Pfand in meiner Hand?“ oder „Was soll der tun, dem dieses Pfand gehört?“ Jetzt denken sich die anderen eine Aufgabe aus, die der Pfandbesitzer ausführen soll. Man kann auch schon vorher verschiedene Aufgaben auf einzelne Zettel schreiben und jeweils einen ziehen. Wichtig: Bitte lustige Aufgaben auswählen und keine, die zu schwer oder gefährlich sind oder durch die sich jemand blamiert.

Mögliche Aufgaben

- das Lied „Hänschen klein“ in der Hundesprache singen
- unter einem Stuhl durchkriechen (hin und zurück)
- auf einem Bein hüpfen und „Kikeriki“ schreien
- schnell von 20 bis 0 rückwärts zählen
- aus einem Becher trinken ohne ihn mit den Händen zu berühren
- einen Purzelbaum machen und dabei einen Apfel mit den Zähnen festhalten
- je ein Tier mit zwei, vier, sechs und acht Beinen nennen
- von einem Teller auf dem Boden ein Gummibärchen essen (Hände auf dem Rücken)
- in eine Zitronenscheibe beißen ohne das Gesicht zu verziehen
- allen Kindern die Hand geben und „Guten Tag“ sagen, dabei die Hand von unten durch die Beine nach hinten strecken
- auf einen Stuhl steigen und einen Zeitungsartikel singend vorlesen
- die Monate des Jahres rückwärts nennen
- vier verschiedene Schuhe von Mitspielern an Hände und Füße ziehen und wie ein Hund dreimal durchs Zimmer laufen
- gleichzeitig drei Bewegungen machen: mit einer Hand den Bauch reiben, mit der anderen eine unsichtbare Säge hin und her führen und dabei noch den Kopf schütteln
- rückwärts auf einer Schnur gehen und dabei einen Ball auf drei Fingern tragen
- mit einem Buch auf dem Kopf 10 Kniebeugen machen
- einem Mitspieler 15 Sekunden lang in die Augen schauen ohne zu lachen
- sich einen Schnurrbart malen lassen
- alle auf die Nase küssen

Die „Klassiker"

Stille Post

Ihr sitzt in einer Reihe nebeneinander. Das erste Kind flüstert dem zweiten ein Wort ins Ohr; das gibt es weiter und so gelangt das Wort bis zum letzen Kind. Das sagt nun laut, was es gehört hat, und das erste Kind verrät, was es am Anfang geflüstert hat. Man sagt nur weiter, was man selbst verstanden hat, nachfragen gilt nicht. Für kleinere Kinder nimmt man vielleicht ein einfaches Wort, zum Beispiel eine Farbe, ein Tier, einen Wochentag. Richtig lustig wird es natürlich bei kniffligen Worten (Naschkatzenschwanz, Marzipantörtchen, Kaffeekannendeckel, ...) oder bei ganzen Sätzen („In deiner Tasche sitzt ein Frosch", „Was macht das Känguru am Nachmittag?", ...).

Pantomimenkette

Mehrere Mitspieler, vier sollten es mindestens sein, werden zusammen nach draußen geschickt. Die übrigen denken sich eine Tätigkeit aus, die man pantomimisch – also ohne Worte – darstellen kann, zum Beispiel Geschirr spülen, ein Baby wickeln, Kuchen backen. Jetzt wird der Erste hereingerufen und ein Kind spielt ihm die Tätigkeit stumm vor. Der Zuschauer versucht zu raten, was es ist, darf aber nichts sagen oder fragen. Nun wird der Nächste hereingeholt und der erste Zuschauer spielt ihm das vor, was er eben gesehen hat. So geht es weiter bis zum letzten Kind. Das Lustige dabei ist, dass die Tätigkeit oft falsch verstanden wird und allmählich etwas ganz anderes herauskommt, als ursprünglich gemeint war.

Flaschensteigen

Ihr schickt einen, der das Spiel noch nicht kennt, nach draußen und stellt nun eine Reihe von Flaschen auf den Boden. Jetzt ruft ihr das Kind herein und erklärt ihm seine Aufgabe: Es soll gleich mit verbundenen Augen über die Flaschen steigen, ohne eine umzuwerfen. Zur Übung darf es die Strecke erst einmal mit offenen Augen gehen. Das ist natürlich nicht schwer. Während es dann die Augen verbunden bekommt, räumt ihr schnell und lautlos die Flaschen weg. Nun geht es los und alle kriegen was zu lachen, wenn der Ahnungslose vorsichtig wie ein Storch im Salat über die nicht vorhandenen Flaschen steigt.

Armer schwarzer Kater

Ein Kater wird ausgelost und macht nun die Runde, indem er sich jeweils vor ein Kind hinhockt und sehr ausdrucksvoll in allen Tonarten jämmerlich miaut. Das Kind muss ihn dann streicheln und dazu sagen: „Armer schwarzer Kater!“ Und zwar ohne zu lachen! Aber das wird nicht lange gut gehen. Wer gelacht hat, ist neuer Kater.

Reise nach Jerusalem

In zwei Reihen, mit den Rückenlehnen zueinander, werden die Stühle aufgestellt, und zwar ein Stuhl weniger, als ihr Kinder seid. Einer von euch schaltet den Kassettenrekorder an oder spielt Klavier und die Reise um die Stühle beginnt. Wenn die Musik stoppt, setzt sich jeder schnell auf einen Platz. Ein Kind erwischt keinen Stuhl und scheidet aus. Dann wird ein Stuhl weggenommen und die Reise geht weiter. Spannend wird es, wenn zuletzt nur noch zwei Kinder und ein Stuhl übrig sind. Viel Spaß!

Im Gegenteil

Ihr haltet die Hände auf halber Höhe etwas ausgestreckt und einer kommandiert: „Achtung – fertig – Hände – hoch!“ oder „Achtung – fertig– Hände – runter!“ Nichts leichter als das, denkt ihr, aber der Pfiff bei der Sache ist, dass ihr immer das Gegenteil von dem tun müsst, was der Kommandeur sagt. Er wechselt natürlich nicht nur zwischen hoch und runter ab, sondern wiederholt auch manchmal um euch hereinzulegen. Bloß nicht gehorchen!

Mumien wickeln

Viel, viel Klopapier braucht ihr dafür! Je zwei Spieler bilden ein Paar. Der eine steht stocksteif da, der andere wickelt ihn mit dem Klopapier von oben bis unten zu. Augen, Nase und Mund dürfen frei bleiben. Wer hat seine Mumie am schnellsten fertig?

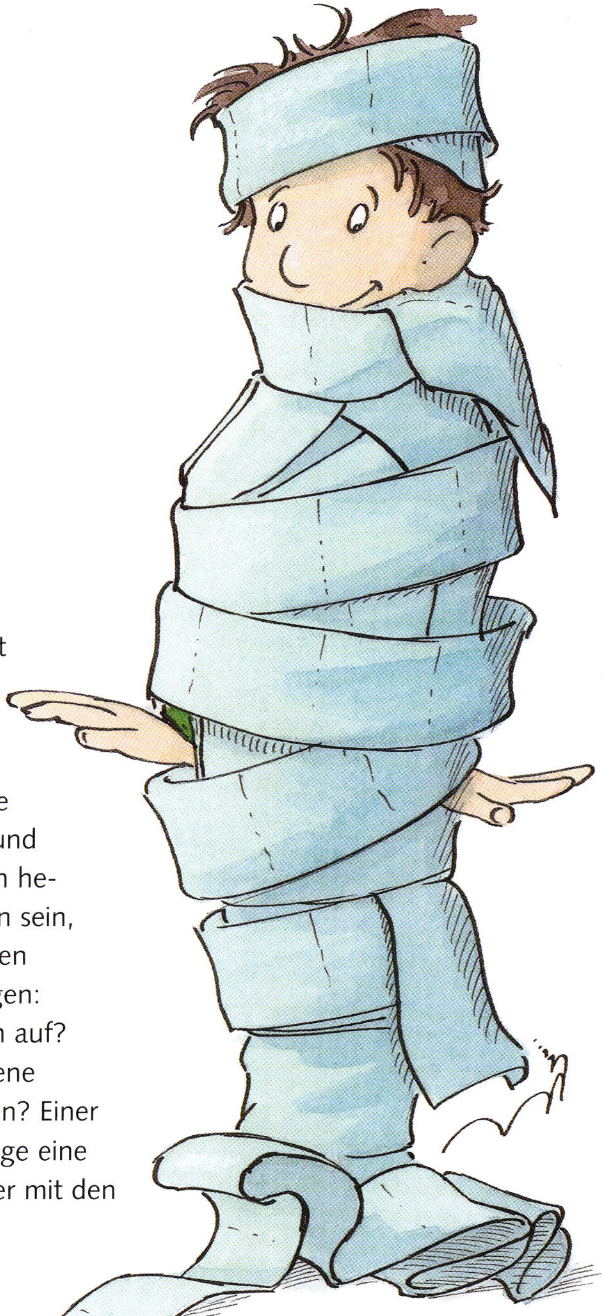

Wer bin ich?

Auf einen Haftzettel schreibt ihr den Namen einer bekannten Persönlichkeit oder Figur, zum Beispiel Napoleon, Donald Duck, der Papst, ein bekannter Fußballer oder eine Sängerin. Den Zettel klebt ihr einem Mitspieler an die Stirn. Der weiß also nicht, wer er ist, und muss das durch Fragen an die anderen herauskriegen. Es dürfen aber nur Fragen sein, auf die man mit Ja oder Nein antworten kann. Er könnte also zum Beispiel fragen: Lebe ich noch? Trete ich im Fernsehen auf? Bin ich eine Frau? Bin ich eine erfundene Figur? Habe ich etwas mit Sport zu tun? Einer zählt die Fragen oder legt für jede Frage eine Murmel in einen Becher. Sieger ist, wer mit den wenigsten Fragen seine Person errät.

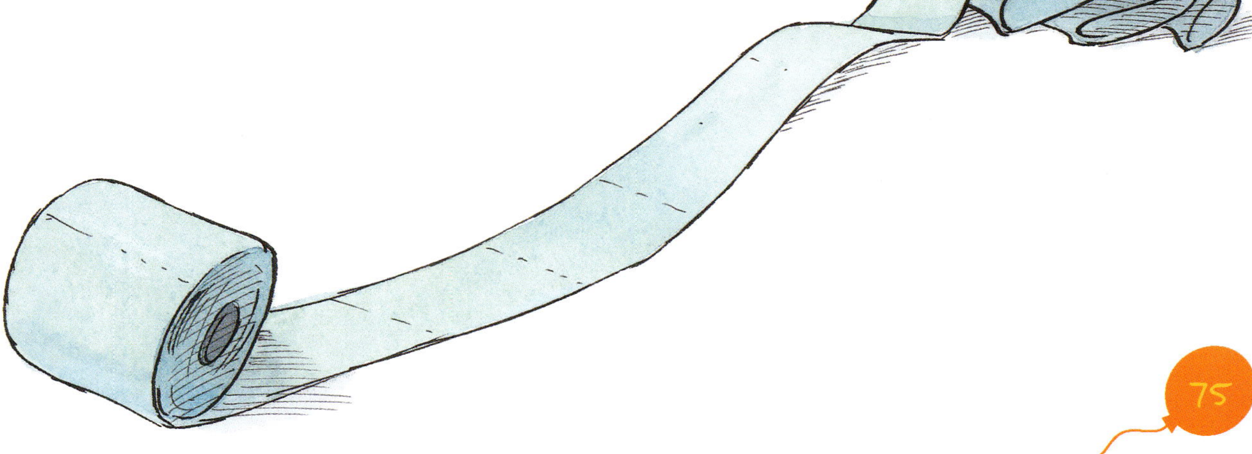

Stopptanzen

Aus Radio oder Kassettenrekorder kommt fetzige Musik, zu der alle richtig wild und ausgelassen tanzen. Plötzlich wird die Musik ausgeschaltet und sofort müssen alle in ihrer Bewegung erstarren. Wer zeigt die lustigste Verrenkung?

Kommandotanzen

Jeder Tänzer bekommt eine Nummer. Der Reihe nach darf nun jeder einmal die Musik stoppen. Bevor das Kind die Musik wieder einschaltet, ruft es laut ein Kommando, zum Beispiel: „Alle auf einem Bein hüpfen!“ oder „Alle das rechte Knie anfassen!“

Hexentanz

Alle tanzen und reichen sich dabei den Hexenbesen (= Handfeger, Wischmopp oder normalen Besen) weiter. Wenn die Musik plötzlich stoppt, erstarrt die Hexe, die gerade den Besen hat. Eine andere Hexe nimmt ihr den Besen ab und der Tanz geht weiter, bis alle Hexen verzaubert im Raum stehen. Dann werden sie mit Händeklatschen erlöst und das Spiel beginnt von vorn.

Ballons zertanzen

Jedes Kind bekommt einen aufgeblasenen Luftballon und bindet sich ihn an den Fuß. Dann wird wild getanzt. Dabei versucht jeder auf den Ballon eines anderen zu treten und ihn so zum Platzen zu bringen. Gleichzeitig muss man seinen eigenen Ballon schützen.

Mörderspiel

Jedes Kind erhält einen Zettel. Auf den meisten steht „Tänzer", auf einem „Kommissar" und auf einem „Mörder". Der Mörder darf sich nicht zu erkennen geben, der Kommissar verlässt den Raum. Dann schaltet ihr das Licht aus, macht Musik und tanzt. Irgendwann umfasst der Mörder ein Kind von hinten. Das schreit laut auf und fällt zu Boden. Sofort wird das Licht an- und die Musik ausgemacht. Der Kommissar kommt herein und muss nun durch genaues Hinsehen den Mörder ermitteln. Der hat nämlich etwas an sich verändert: Vielleicht sitzt die Baseballkappe jetzt anders herum auf dem Kopf oder die Ärmel sind hochgekrempelt.

Tierstimmen bei Nacht

Für dieses Spiel müsst ihr eine gerade Zahl an Mitspielern sein. Als Vorbereitung schreibt ihr Namen von Tieren, die Laute von sich geben können (Katze, Hund, Esel, Hahn, Kuh) auf kleine Zettel, und zwar jedes Tier doppelt. Diese Zettelchen werden nun wie Lose gezogen. Kein Kind zeigt den anderen, welches Tier es ist. Jetzt wird das Licht ausgemacht und die Tiere fangen an zu miauen, zu bellen, ... und ihr sollt euch im Dunkeln euren Tierpartner suchen, der die gleiche Sprache spricht.

Kimspiele

Wer ist unter der Decke?

Ein Kind wird nach draußen geschickt. Inzwischen legt sich drinnen jemand unter eine Decke und die anderen tauschen die Plätze. Das Kind kommt herein und soll raten, wer unter der Decke liegt. Wenn es nicht gleich draufkommt, darf es die Decke anfassen und fühlen, wer wohl darunter steckt.

Achtung, Kamera!

Auf dem Tisch liegt unter einem Tuch eine kleine Sammlung verschiedener Gegenstände. Alle Kinder stehen drum herum. Nun wird das Tuch weggenommen. Sofort schaltet ihr euer Kamera-Auge ein und merkt euch genau, was ihr seht. Der Spielleiter zählt bis 60 (ungefähr eine Minute), dann deckt er das Tuch wieder darüber und nimmt verborgen einen Gegenstand weg. Jetzt wird das Tuch wieder hochgehoben und ihr müsst sagen, was fehlt. Wenn ihr alle schon schreiben könnt, kann man das Spiel auch so machen: Nach dem Zudecken schreibt jeder auf, was er behalten hat. Für jeden richtigen Gegenstand gibt es einen Punkt.

Samtpfote

Ein Kind bekommt die Augen verbunden und muss nun einen Gegenstand, den ihr ihm hinhaltet, nur mit einer Fingerspitze betasten und zu erraten versuchen, zum Beispiel ein Stofftier, eine Kerze, eine Bürste, eine Möhre, eine Gabel.

Obstsalat

Zuerst verwandelt ihr euch in verschiedene Früchte. Nun sitzen im Kreis zum Beispiel vier Bananen, zwei Äpfel, drei Pflaumen – von jeder Sorte mindestens zwei. Ein Kind hat keinen Platz, stellt sich in die Mitte und ruft eine Frucht aus, etwa „Apfel!“. Dann müssen die Äpfel blitzschnell die Plätze tauschen und das Kind versucht einen leeren Platz zu erwischen. Wer keinen Platz mehr hat, ist neuer Ausrufer. Der Ruf kann aber auch „Obstsalat!“ heißen. Dann tauschen alle Früchte die Plätze.

Bello, dein Knochen ist weg!

Die Kinder sitzen im Kreis und haben die Hände auf dem Rücken. In der Mitte hat sich Bello, der schlafende Hund, auf den Boden gekauert und macht die Augen zu. Auf seinem Rücken liegt der Knochen, das ist ein Klötzchen, ein Stäbchen oder etwas Ähnliches. Ein Kind im Kreis bekommt jetzt ohne Worte einen Wink. Es klaut leise und vorsichtig den Knochen, setzt sich wieder hin und hält ihn hinterm Rücken. Jetzt rufen alle: „Bello, dein Knochen ist weg!" Bello wacht auf und muss nun herumschnüffeln, wo der Knochen ist. Man kann ihm dabei Tipps geben wie: links, rechts, Junge, Mädchen oder eine Farbe. Oder man vereinbart, dass Bello dreimal raten darf. Wenn er richtig rät, tauscht er mit dem anderen Kind.

Katze und Maus

Ihr wählt zuerst eine Katze und eine Maus. Dann stellt ihr euch mit angefassten Händen im Kreis auf und nehmt die Maus in die Mitte. Außen ist die Katze. Sie versucht jetzt die Maus zu fangen. Ihr helft der Maus, indem ihr immer schnell die Arme hochhebt, wenn sie durch den Kreis will. Die Katze lasst ihr aber nicht durch, sondern wehrt sie mit den Armen ab. Sie versucht natürlich trotzdem irgendwie durchzukommen. Wenn sie die Maus erwischt hat, ist das Spiel beendet und die nächste Runde kann beginnen.

Städtereisen

Das Spiel geht so wie Obstsalat, nur gibt sich jedes Kind den Namen einer Stadt, etwa Frankfurt, Hamburg, Berlin, Paris. Alle rufen nun: „Wohin geht die Reise?" Das Kind in der Mitte sagt zum Beispiel: „Von Hamburg nach Paris!" Dann tauschen die beiden Städte die Plätze. Wenn der Ruf kommt: „Einmal um die Welt!", wechseln alle die Plätze.

Blinzeln

Dafür müsst ihr eine ungerade Zahl von Mitspielern sein. Hinter jedem Kind, das im Kreis sitzt, steht ein zweites als Wächter und hält die Hände auf dem Rücken. Nur ein Stuhl ist leer. Das Kind, das allein dahinter steht, versucht einen Partner anzulocken. Dazu blinzelt es einem sitzenden Kind zu. Das bedeutet: Komm auf meinen Stuhl! Das will aber der Wächter verhindern und hält es schnell an den Schultern fest. Der Blinzler muss sein Glück woanders versuchen. Wer keinen Partner mehr hat, ist neuer Blinzler und das Spiel beginnt von vorn.

Beinklopfen

Ihr sitzt im Kreis und legt die Hände jeweils auf die Knie des Nachbarkindes, sodass alle Arme überkreuz gelegt sind. Jetzt soll jede Hand nacheinander einmal hochklappen und auf ihr Bein klopfen. Das hört sich leichter an, als es ist, denn die Hände liegen ja durcheinander. So geht es eine Zeit lang immer weiter, bis eine Hand zweimal klopft. Das bedeutet: umgekehrte Richtung! Da heißt es, höllisch aufpassen. Die Hand, die einen Fehler macht, scheidet aus und wird auf den Rücken gelegt. So entstehen Lücken im Kreis. Wer sich am längsten ohne Fehler halten kann, gewinnt.

Mein rechter, rechter Platz

Ihr sitzt im Stuhlkreis, aber ein Stuhl ist leer. Das Kind, das links von der Lücke sitzt, schlägt auf die Sitzfläche und ruft: „Mein rechter, rechter Platz ist leer, ich wünsche mir die Lina (Namen eines Mitspielers nennen) her!“ Dann fragt das gerufene Kind: „Als was soll ich kommen?“ Die Antwort kann zum Beispiel heißen: als Katze, als Vogel, als Känguru. Dann verwandelt sich das Kind in das genannte Tier und kommt auf den freien Stuhl. Nun geht das Spiel an der anderen Lücke weiter.

Flaschendrehen

Zuerst verabredet ihr eine lustige Aufgabe (Tipps und Beispiele findet ihr auf Seite 71). Dann dreht einer in der Mitte des Kreises eine leere Flasche. Wenn sie ausgekreiselt hat, muss das Kind, auf das der Flaschenhals zeigt, die Aufgabe ausführen.

Pinke-Pank

Ein Kind hält beide Fäuste geschlossen. In einer ist eine Murmel oder eine Nuss versteckt. Jetzt geht es im Kreis herum und singt:

> „Pinke-Pank, der Schmied ist krank.
> Wo soll er wohnen, unten oder oben?"

Dabei stellt es die Fäuste im Takt abwechselnd über- und untereinander. Es bleibt bei einem Kind stehen, das jetzt raten muss, in welcher Faust die Murmel versteckt ist.

Sprachspiele

B-Sprache und Schluckaufsprache

Habt ihr Lust, euch in seltsamen Fremdsprachen zu unterhalten? Die B-Sprache geht so: Ibich habab keibei nebe Zeibeit. Bei der Schluckaufsprache bekommt jede Silbe einen kleinen Rattenschwanz angehängt und das klingt dann so: Ich-hich-de-fich bin-hin-de-fin so-ho-de-fo schreck-heck-de-feck lich-hich-de-fich müd-hüd-de-füd. Na, was heißt das in ordentlichem Deutsch?

Koffer packen

Der Koffer ist ziemlich riesig und es passt viel hinein für eine weite Reise. Der Erste sagt zum Beispiel: „Ich packe eine Zahnbürste in den Koffer." Der zweite wiederholt das Gesagte und fügt etwas hinzu: „Ich packe eine Zahnbürste und eine Taschenlampe in den Koffer." So geht es immer weiter. Wer etwas vergisst oder die Reihenfolge durcheinander bringt, scheidet aus.

Sprechautomat

Hier gibt es auf alle Fragen dieselbe Antwort. Die besteht in einem möglichst verrückten Gegenstand, den ihr euch ausdenkt – vielleicht „ein grün lackiertes Gummischwein“. Hier ein paar Beispiele:

- Was isst du gern zum Nachtisch? Ein grün lackiertes Gummischwein!
- Womit putzt du dir die Zähne? Mit einem grün lackierten Gummischwein!
- Wer hilft dir bei den Hausaufgaben? Ein grün lackiertes Gummischwein!
- Mit wem geht Opa jeden Morgen Gassi? Mit einem grün lackierten Gummischwein!

Nicht lachen? Schwierig.

Jawohl, Herr General!

Ein Kind ist der General und stellt dem anderen Fragen, die immer mit „Jawohl, Herr General!“ beantwortet werden müssen, und zwar ohne zu lachen! Das ist nicht leicht, wenn die Fragen ziemlich blöd sind. „Isst du zum Frühstück Regenwürmer?“ „Hast du die Löcher in den Käse gebohrt?“ „Hast du heute schon deinen Bruder ordentlich geärgert?“ Euch werden sicher noch viel schönere Fragen einfallen. Wer gelacht hat, tauscht mit dem anderen.

Schlapp hat den Hut verloren

Jeder bekommt eine Nummer, die er sich merken muss. Jetzt ruft der Spielleiter den Schlapp-Satz mit irgendeiner Zahl, zum Beispiel: „Schlapp hat den Hut verloren, 4 hat ihn." Das Kind mit der Nummer 4 muss jetzt sofort reagieren und rufen: „Schlapp hat den Hut verloren, 4 hat ihn nicht, 6 hat ihn!" Nummer 6 antwortet: „Schlapp hat den Hut verloren, 4 hat ihn nicht, 6 hat ihn auch nicht, 8 hat ihn." So geht es immer weiter, jeder Spieler fügt eine neue Nummer hinzu.

Erbsensuppe

Für dieses Spiel müsst ihr das Einmaleins können. Legt untereinander eine Reihenfolge fest. Dann sagt ihr nacheinander die Zahlenreihe von 1 bis 70 auf. Achtung! Die 7 und alle Zahlen, in denen eine 7 vorkommt (zum Beispiel 17) oder die durch 7 teilbar sind (etwa 21), dürfen nicht genannt werden. Stattdessen sagt ihr: „Erbsensuppe!" Wer einen Fehler macht, scheidet aus. Wer bei 70 noch dabei ist, wird Erbsensuppenkönig. Wenn es zwei Kinder sind, gibt es einen Stichkampf.

Wortkette

In der deutschen Sprache gibt es viele zusammengesetzte Wörter, sodass es nicht schwierig ist, eine solche Kette zu bilden: Einer sagt „Hund“, der zweite „Hundekuchen“, der dritte „Kuchenteller“, der vierte „Tellerrand“ und so weiter. Eine andere Kette entsteht, wenn immer der letzte Buchstabe eines Wortes der Anfangsbuchstabe des nächsten Wortes sein soll, zum Beispiel:
Gabel – Lampe – Eis – Segel – ...

Wörterball

Ihr steht im Kreis und habt einen Ball. Das erste Kind wirft ihn einem anderen Kind zu und ruft einen Buchstaben, zum Beispiel F. Dann muss das andere Kind schnell ein Wort sagen, das mit F anfängt, etwa Frittenbude. Es wirft den Ball weiter und sagt einen neuen Buchstaben. Wer kein Wort weiß, scheidet aus. Schwieriger wird das Spiel, wenn ihr euch vorher einen Bereich überlegt, aus dem die Wörter stammen sollen, zum Beispiel Bauernhof (Kuh, Trecker, Stall, ...).

Verrückte Geschichte

Dafür braucht ihr ein Vorlesebuch, am besten eins mit bekannten Geschichten (zum Beispiel Grimms Märchen) und einen Erwachsenen, der gut vorlesen kann. Ihr wisst, was ein Verb ist, also ein Tätigkeitswort. Davon gibt es unendlich viele, etwa gehen, singen, spielen, schlafen. Jetzt sucht ihr euch ein paar besonders lustige Verben aus, zum Beispiel watscheln, toben, küssen, verhauen. Der Vorleser schreibt sie auf. Dann wird die Geschichte vorgelesen, dabei werden die Verben in der Geschichte durch die Wörter ersetzt, die ihr ausgesucht habt. Nur die Hilfsverben (haben, sein, wollen, können) bleiben bestehen.

Hier ein Beispiel: Der Anfang des Märchens „Der gestiefelte Kater" geht so: „Ein Müller hatte drei Söhne, seine Mühle, einen Esel und einen Kater. Die Söhne mussten mahlen, der Esel Getreide holen und Mehl forttragen und die Katze die Mäuse wegfangen." Das würde sich mit unseren Wörtern so anhören: „Ein Müller hatte drei Söhne, seine Mühle, einen Esel und einen Kater. Die Söhne mussten watscheln, der Esel Getreide toben und Mehl küssen und die Katze die Mäuse verhauen."

Wenn ihr selbst schon gut lesen könnt, geht es auch so: Jeder sucht sich ein Verb aus und darf dann etwa fünf Sätze lesen und dabei dauernd sein Wort benutzen. Dann kommt der Nächste mit seinem Wort dran. Klingt noch verrückter.

Teekesselchen

Zwei Spieler gehen aus dem Zimmer und einigen sich auf ein Wort mit zwei Bedeutungen, das die anderen raten sollen, zum Beispiel „Schimmel". Sie kommen jetzt herein und erzählen abwechselnd etwas über ihr Wort. Dabei spricht das eine Kind über Schimmel als weißes Pferd, das andere über Schimmel als Pilzbelag auf Lebensmitteln oder Wänden. Das könnte so gehen: „Mein Teekesselchen hat vier Beine und einen Schwanz." – „Bei meinem Teekesselchen sagen die Leute igitt!" „Mein Teekesselchen mag gern Hafer." – „Mein Teekesselchen darf man nicht essen, weil es ungesund ist." Wenn jemand aus der Runde das Wort schon erraten hat, darf er beim Beschreiben mithelfen, bis allen ein Licht aufgegangen ist. Viele weitere Teekesselchen-Begriffe findet ihr auf den Seiten 96 und 97.

Geschichtentopf

Wenn ihr euch in den Kreis setzt, bringt jeder irgendeinen Gegenstand mit und legt ihn in die Mitte, vielleicht einen Schlüssel, ein Stofftier, einen Schal, ganz bunt durcheinander. Jetzt nimmt das erste Kind sich etwas von diesem Haufen und erzählt eine Mini-Geschichte, die so lange geht, bis das Ding in seiner Hand darin vorkommt. Dann holt das nächste Kind einen Gegenstand und erzählt weiter. Wenn alle Sachen weg sind, ist die Geschichte aus.

Geschicklichkeitsspiele

Beinknoten

Versucht einmal, bei jedem Schritt den Fuß hinter dem anderen Bein herum aufzusetzen! Dabei muss man sich in der Hüfte etwas drehen. Die Schritte, die man auf diese Art machen kann, sind nur winzig, aber bei einem Wettgehen kommen die anderen auch nicht schneller voran.

Übern Sumpf

Der Boden verwandelt sich jetzt in einen gefährlichen Sumpf, auf den man nicht treten darf. Als „Trittsteine" nehmt ihr zwei Fußmatten (oder alte Kissen, Pappteller, kleine Bretter) und dann geht's los: Auf einer Matte steht ihr, die andere werft ihr voraus und springt darauf. Achtung, nicht zu weit werfen! Denn ihr müsst die hintere aufheben und wieder vorauswerfen. Wer hat als Erster den Sumpf überquert? Das Spiel wird noch ein bisschen kniffliger, wenn man statt flacher Trittsteine zwei umgestülpte Eimer nimmt.

Trittbrettfahrer

Dafür müsst ihr Paare von Großen und Kleinen sein. Der Kleine gibt dem Großen die Hände und stellt sich auf seine Füße. Jetzt um die Wette watscheln!

Dreierpferd

Ein Pferd besteht aus zwei Kindern: Eins dient als Kopf und Vorderbeine, es steht aufrecht und legt die Hände auf dem Rücken flach zusammen. Darauf legt das zweite Kind seinen Kopf und steht gebückt. Es stellt also Rücken und Hinterbeine dar. Nun steigt der Reiter vorsichtig auf (natürliche ohne Schuhe) und hält sich an den Schultern fest. Der Ausritt kann losgehen, vielleicht sogar ein Pferderennen. Besser verteilt ist die Last des Reiters, wenn zwei Kinder den Rücken bilden. Dann hält sich jedes an einer Hand des vorderen Kindes fest.

Hahnenkampf

Dafür muss der Untergrund weich genug sein, damit man sich beim Hinfallen nicht wehtut. Ihr stellt euch auf ein Bein, verschränkt die Arme und versucht, den anderen Hahn mit der Schulter umzuschubsen. Wer umfällt oder mit dem zweiten Bein auf den Boden kommt, scheidet aus.

Drachenfangen

Ihr fasst euch alle gut an den Schultern oder um den Bauch. Das erste Kind ist der Drachenkopf, das letzte steckt sich ein buntes Tuch in den Hosenbund und ist der Schwanz. Der Drache versucht nun seinen eigenen Schwanz zu fangen. Dabei entstehen heftige Windungen, denn der Schwanz weicht aus. Hat der Drachenkopf das Tuch erbeutet, wird er neuer Schwanz.

Wurfbude

Ein Brett über zwei Stuhllehnen, zur Not auch ein Bügelbrett – das genügt schon. Darauf stapelt ihr Dosen zu einer Pyramide oder stellt leere Plastikflaschen nebeneinander. Zum Werfen eignen sich Tennisbälle prima. Von einer Wurflinie aus hat jeder drei Würfe und schreibt die Anzahl der getroffenen Dinge auf.

Glockenläuten

Dafür müssen es fünf Kinder sein. Je zwei fassen sich fest an den Händen oder umgreifen gegenseitig das Handgelenk. Zwischen ihnen steht das fünfte Kind, macht sich ganz steif und lässt sich zu einer Seite fallen. Es wird von den Armen aufgefangen und sanft zur anderen Seite geschubst, sodass es wie ein Glockenklöppel hin und her schwingt.

Dreibeinrennen

Je zwei Kinder bekommen ihr rechtes Bein mit dem linken Bein des anderen zusammengebunden und müssen so eine Strecke um die Wette laufen.

Zeitungsboten

Pro Mannschaft gibt es eine Zeitung, die man zwischen die Beine klemmt und so möglichst schnell transportiert. Wenn das erste Kind um die Wendemarke und wieder zurückgelaufen ist, gibt es die Zeitung dem nächsten. Das schnellere Team gewinnt.

Teekesselchen-Begriffe

Bahn (Zug/Laufspur)
Ball (Spielzeug/Tanzveranstaltung)
Bank (Sitzbank/Geldinstitut)
Bauer (Landwirt/Vogelkäfig)
Blatt (Baumblatt/Papierblatt/Kartenspiel)
Birne (Frucht/Glühbirne)
Decke (Bettdecke/Zimmerdecke)
Feder (Vogelfeder/Schreibfeder/elastische Metallspirale)
Fliege (Insekt/Binder für Herren)
Flügel (Körperteil des Vogels/Klavier/Gebäudeteil/
Teil einer Mannschaft)
Gabel (Essgerät/Teil des Fahrrads/Stimmgabel)
Gericht (Essen/Urteils-Instanz)
Golf (Spiel/Meeresbucht/Auto)
Hahn (Vogel/Wasserhahn)

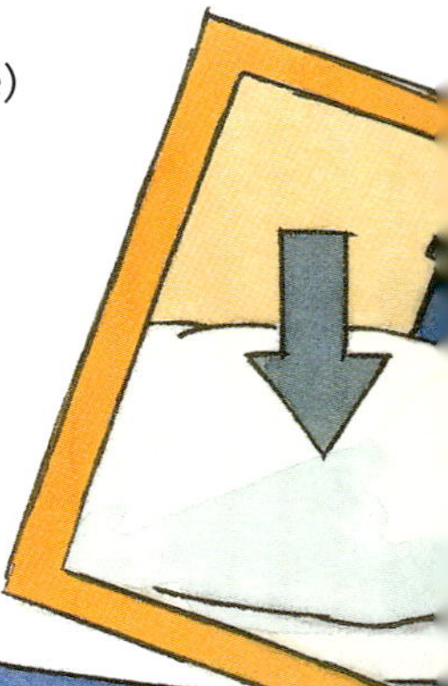

Kiefer (Gesichtsknochen/Baum)
Laden (Geschäft/Fensterschutz)
Leiter (Gerät zum Hochsteigen/Anführer einer Gruppe)
Löffel (Essgerät/Hasenohr)
Maus (Tier/Computermaus)
Mutter (Mama/Schraubenmutter)
Pfeife (Tabakpfeife/Trillerpfeife)
Schiff (schwimmendes Fahrzeug/Teil einer Kirche)
Schloss (Türschloss/Gebäude)
Stock (Stab/Gebäudeteil)
Strauß (Blumenstrauß/Vogel)
Tau (Seil/Feuchtigkeit auf Pflanzen)
Ton (Laut/Erdmasse)
Tor (Tür/Narr, Dummkopf)
Zug (Eisenbahn/Luftbewegung)
Zunge (Körperteil/Teil des Schuhs)

Zungenbrecher

Sechsundsechzig sächsische Schneeschaufler

Blaukraut bleibt Blaukraut und
Brautkleid bleibt Brautkleid.

Fischers Fritz fischt frische Fische,
frische Fische fischt Fischers Fritz.

Zwischen zwei Zwetschgenbäumen
zwitscherten zwei Spatzen.

Kleine Kinder können
keine Kirschkerne knacken.

Die Katze tritt die Treppe krumm.

Der Cottbuser Postkutscher
putzt den Cottbuser Postkutschkasten.

Spiele für die Fahrt

Erlebnisvorhersage

Vor der Fahrt schreibt ihr eine kleine Liste von Sachen auf, die euch wahrscheinlich unterwegs begegnen werden: eine Burg, einen Tunnel, eine Brücke, einen Baukran, Pferde, Kühe, Schafe, einen Raubvogel in der Luft, einen Schwertransporter und Ähnliches. Daneben macht ihr für jeden Mitfahrer eine Spalte. Wer eins von den Dingen zuerst gesehen hat, bekommt einen Punkt.

Nummernlotto

Für dieses Spiel vereinbart ihr vorher eine Reihenfolge, in der ihr drankommt. Ihr könnt euch Nr. 1, Nr. 2 usw. nennen. Jeder hat Zettel und Stift in der Hand und nun schaut ihr euch die vorbeifahrenden Autonummern an. Erscheint eine mit zwei gleichen Ziffern, zum Beispiel 373, darf der erste von euch diese addieren und die Summe (hier also 3 + 3 = 6) für sich eintragen. Nun ist der zweite an der Reihe. Wer Glück hat, erwischt eine Nummer mit drei gleichen Ziffern, das kann eine besonders hohe Zahl ergeben, etwa 888, dann rechnet ihr: 8 + 8 + 8 = 24. Wer zuerst 100 Punkte erreicht hat, gewinnt.

Kennzeichen-Orakel

Aus den Buchstaben der Städtekennzeichen lassen sich lustige Wörter oder Sätze bilden. Hier ein Beispiel: Kennzeichen BM – SL 350

- Wie heißt wohl der Fahrer? Bruno Matschkopp, Sofa-Lieferant
- Was ist er für ein Typ? Brummiger müder samtpfotiger Lulatsch
- Wo fährt er hin? Zum Braunschweiger Mäuse-Schwanz-Lager
- Was wollt ihr ihm sagen? Bitte mehr Sülze lutschen!

Heimatquiz

Ihr seid schon weit weg von zu Hause. Wisst ihr noch genau, wie es dort aussieht? Beantwortet einmal Fragen wie diese: Wo ist die Klingel an der Haustür, rechts oder links? Wie viele Haken sind im Bad an der Wand? Welche Farbe haben die Vorhänge im Wohnzimmer? Welche Geräte gibt es in der Küche? Welche Bäume stehen vor dem Haus/im Garten? Wer sich nicht sicher ist, kann die Antwort aufschreiben und bei der Rückkehr überprüfen.

Stadt, Land, Fluss

Dieses altbekannte Spiel testet euer Wissen – Hilfe von Erwachsenen ist erlaubt. Aber auch die wissen ja nicht alles. Jeder Spieler hat ein Blatt im Querformat vor sich und teilt es in acht Spalten ein, die folgendermaßen beschriftet werden:
Stadt – Land – Fluss – Name – Tier – Beruf – Pflanze – Punkte
Nun wird ein Anfangsbuchstabe ausgesucht. Dafür kann ein Kind blind mit dem Stift auf ein Zeitungsblatt tippen oder lautlos für sich das ABC aufsagen, bis ein anderer „Stopp!" ruft. Jetzt muss es schnell gehen. Ihr versucht, in jede Spalte ein passendes Wort mit diesem Anfangsbuchstaben zu schreiben. Beispiel für den Buchstaben E: Essen – England – Elbe – Erika – Esel – Elektriker – Eiche. Wo ihr keins findet, macht ihr einen Strich an die Stelle. Wer zuerst seine Reihe voll hat, ruft „Fertig!" und alle anderen müssen aufhören zu schreiben. Jetzt werden die gefundenen Begriffe vorgelesen. Für jedes richtige Wort gibt's einen Punkt, für ein Wort, das nur bei einem Kind vorkommt, zwei Punkte. Wenn nur ein Kind allein ein Lösungswort gefunden hat, erhält es dafür drei Punkte. Die Buchstaben C, Q, X und Y lasst ihr weg, weil sie zu schwierig sind.

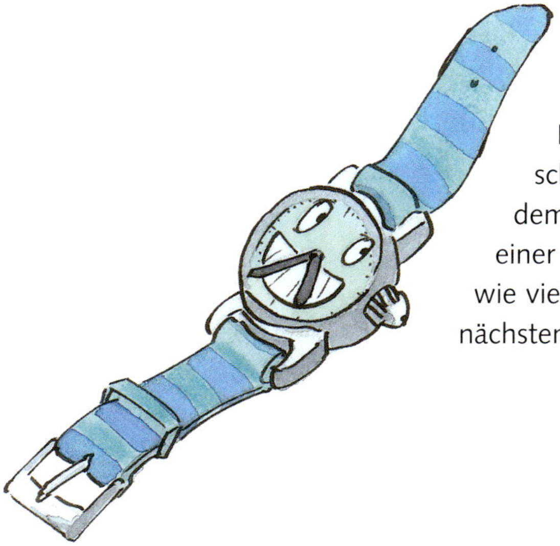

Wie viel Uhr?

Nur einer von euch hat eine Uhr. Er schaut drauf und steckt sie weg, nachdem er die Uhrzeit angesagt hat. Nach einer Weile schätzen alle möglichst genau, wie viel Uhr es jetzt sein könnte. Wer am nächsten dran ist, hat gewonnen.

Rastplatz-Olympiade

Ihr schreibt unterwegs auf kleine Zettel verschiedene Aufgaben, die bei der nächsten Pause ausgeführt werden sollen, zum Beispiel:

- auf beiden Beinen einmal ums Auto hüpfen
- zehn Kniebeugen machen
- sich zu zweit die Hand geben und auf einem Bein dreimal um den Papierkorb hüpfen
- den Bock machen, damit die anderen drüberspringen können
- 50 Schritte auf der Stelle laufen

Diese Zettel werden dann auf dem Rastplatz als Lose gezogen.

Beim Warten

Stein, Schere, Papier

Eine Faust bedeutet Stein, Zeige- und Mittelfinger gespreizt bedeuten Schere, die flache Hand ist das Papier. Auf das Kommando „Schnick-schnack-schnuck!“ bewegen beide Spieler die Hand dreimal vor dem Körper hin und her und zeigen dann mit einem Ruck eine der drei Handfiguren. Nun kommt es darauf an, welche davon zusammentreffen und wer dabei Sieger ist. Stein schleift Schere – und gewinnt. Schere schneidet Papier – und gewinnt. Papier wickelt Stein ein – und gewinnt.

Gerade – ungerade

Ein Spiel für zwei. Vereinbart zu Beginn, wer auf „gerade“ und wer auf „ungerade“ tippt. Nun geht es ähnlich wie beim vorigen Spiel. Auf „Eins-zwei-drei!“ streckt jeder eine Hand vor und zeigt damit beliebig viele Finger. Die Summe der Finger an beiden Händen ergibt eine gerade oder ungerade Zahl. Einer hat also jeweils gewonnen, der andere verloren.

Speisekarte

Der Küchenchef plant das Menü für die Woche und kann dabei noch Vorschläge gebrauchen. Ihr gebt einen Zettel herum, auf den jeder eine beliebige Sache schreibt, sie muss nicht essbar sein. Der Küchenchef bestimmt nun Vorspeise, Hauptgericht und Nachtisch und benutzt dabei seinen eigenen Wortvorrat: gebraten, gekocht, paniert, eingelegt, gedünstet, überbacken; Suppe, Soße, Püree, Ragout, Eintopf, Creme, Gulasch, Kuchen, Eis; sauer, süß, zart, frisch, jung, grün. Dazu reicht man ihm den Zettel. Nun kann zum Beispiel folgendes Menü auf der Speisekarte stehen: Vorspeise: gebratene Zahnbürsten mit Taschentuchsoße, dazu Knopflochsuppe. Hauptgericht: Sockenragout mit gedünsteten Bleistiften und sauren Wolken. Nachtisch: Tinteneis mit Senfgebäck. Na, dann: Guten Appetit!

Stoppessen

Einer ist der Dirigent. Wenn er „Stopp!“ ruft, müssen alle in der Haltung bleiben, die sie gerade hatten. Ruft er „Echo!“, müssen alle ihre letzte Bewegung so lange wiederholen, bis der Dirigent „Weiter!“ ruft. Macht das Spiel aber nicht zu oft, sonst bleibt die Familie hungrig.

Verrückte Urlaubspost

Jeder denkt sich ein Hauptwort aus, vielleicht „Mausefalle", „Himbeereis" oder „Schuhlöffel" und sagt es den anderen. Jetzt sollen entweder alle gemeinsam oder jeder für sich einen Urlaubsbrief schreiben, in dem alle Wörter vorkommen, zum Beispiel so: „Hallo, ihr Lieben! Heute saßen wir im Eiscafé und bestellten Himbeereis, aber wir haben wohl was falsch gemacht, denn der Ober brachte einen Schuhlöffel ...." Seht mal zu, wie ihr die Mausefalle unterbringt. Oder etwas ganz anderes. Ihr müsst den Brief ja nicht unbedingt abschicken.

Ich sehe was, was du nicht siehst

Dieses alte Spiel kennt ihr sicher mit Farben: „Ich sehe was, was du nicht siehst, und das ist blau." Warum nicht mal andere Eigenschaften nehmen: dreieckig, viereckig, rund, glänzend, schmutzig, hart, weich, hat zwei Löcher, ...

Tisch-Kim

Alle sollen für zehn Sekunden den gedeckten Tisch anschauen und dann die Augen schließen. Könnt ihr alles aufzählen, was auf dem Tisch ist? Ihr könnt das auch so spielen: Einer schaut sich den Tisch oder den Raum an und schließt dann die Augen. Ein anderer zählt ihm nun die Dinge auf, die dort vorhanden sind, fügt aber eins hinzu, das gar nicht da ist. Der Ratende soll das herausfinden. Wenn ihr allerdings „Kerze, Salzstreuer, Bierdeckel, Elefant, Speisekarte, ..." sagt, dann habt ihr es zu leicht gemacht.

Streichholzschrift

Wenn jemand eine Schachtel Streichhölzer dabei hat: Glück gehabt. Legt einmal drei Felder aus je sieben Hölzern nebeneinander und probiert, was für Buchstaben und Wörter möglich sind, wenn ihr von jedem Feld Streichhölzer wegnehmt. Natürlich werden alle Buchstaben eckig, aber man kann sie erkennen. Hier ist ein Beispiel gezeichnet.

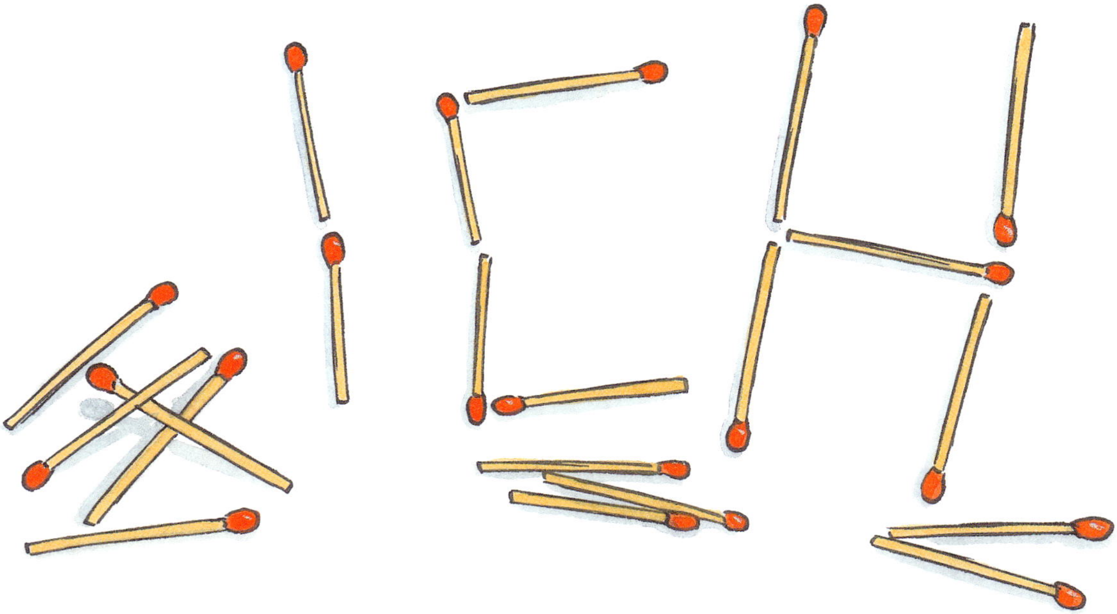

Knobeln

Jeder bekommt drei Streichhölzer und verteilt sie hinterm Rücken in beide Hände. Dann legt ihr alle die rechte Faust auf den Tisch. Darin können ein, zwei oder drei Streichhölzer sein oder sie kann leer sein. Es geht nun darum zu tippen, wie viele Streichhölzer insgesamt auf dem Tisch liegen (bei fünf Leuten wäre die Höchstzahl also 15). Jeder sagt eine Zahl (keine darf doppelt genannt werden), dann öffnet ihr die Fäuste und zeigt, was ihr habt. Wer richtig getippt hat oder am nächsten dran ist, darf ein Streichholz abgeben. Gewonnen hat, wer zuerst alle Streichhölzer los ist.

Zahnstocher-Artisten

Ihr legt fünf Zahnstocher mit etwas Abstand quer über eine Streichholzschachtel, und zwar so, dass sie an den Enden überstehen. Nun sollt ihr sie nacheinander zwischen je zwei Fingern eurer beiden Hände aufnehmen. Fangt mit den Daumen an, dann kommen die beiden Zeigefinger und so weiter. Könnt ihr sie auch wieder so ablegen? Höchste Schwierigkeitsstufe: sie einem anderen in die Hand geben. Zusätzliches Experiment: Zwei Kinder nehmen je ein Hölzchen zwischen zwei Finger, aber so, dass die beiden sich überkreuzen. Jetzt müssen die beiden alles gemeinsam machen, zum Beispiel zusammen aufstehen und sich wieder setzen.

Münzpoker

Kriegt ihr in der Runde 15 Geldstücke zusammen? Gut, das reicht für ein schnelles Spielchen zu zweit. Legt die Münzen auf den Tisch. Jetzt darf jeder abwechselnd eine, zwei oder drei Münzen wegnehmen. Wenn alle weg sind, zählt ihr eure Beute: Wie viele Münzen hat jeder? Wer eine ungerade Zahl besitzt, hat verloren. Daher: immer den eigenen Vorrat im Auge behalten und überlegen, wie man am klügsten vorgeht.

Am Strand

Strandrallye

Erste Tage am Strand, alles noch neu? Dann erkundet die Gegend und macht ein Spiel daraus! Schreibt dazu Fragen und Aufgaben auf ein Blatt und vereinbart eine Uhrzeit, wann alle zurück sein sollen. Beispiele:

- Wie viele Eissorten gibt es am nächsten Kiosk?
- Was kostet ein Sonnenschirm für einen Tag?
- Wann kommt die nächste Flut?
- Bring eine Muschel mit, einen Stein, ein Stückchen Holz, eine Vogelfeder!

Eine solche Rallye geht am Strand, im Städchen, auf dem Campingplatz, in der Feriensiedlung. Wichtig: Niemals allein gehen und nicht zu weit weg. Und ihr wisst ja: Auf keinen Fall von fremden Leuten mitnehmen lassen! Los geht's!

Feuerqualle

Ihr steht im Kreis im flachen Wasser und haltet euch an den Händen. In der Mitte schwimmt ein Wasserball oder ein aufblasbares Tier, das ist die Feuerqualle, die ihr auf keinen Fall berühren wollt. Gemein wie ihr seid, versucht ihr aber, die anderen durch Ziehen und Drücken damit in Berührung zu bringen. Wer an die Feuerqualle gekommen ist, scheidet aus.

Weißer Hai

Einer von euch ist der weiße Hai und steckt sich ein Taschentuch sichtbar in die Badehose oder den Badeanzug. Jetzt müsst ihr ihn jagen und versuchen ihm das Tuch zu entreißen. Nur wenn er untertaucht, ist er in Sicherheit. Wer das Tuch ergattert, ist neuer Hai.

Raubgräber

Auf einen schönen hohen Sandberg steckt ihr oben ein Fähnchen, einen Stock, eine kleine Sandschaufel oder irgendetwas Gefundenes. Nun versuchen die Räuber reihum von unten immer eine kleine Menge Sand vom Berg abzukratzen – mit einem Schäufelchen, einer Muschel oder mit den Fußzehen. Bei wem das Ding schließlich herunterfällt, der muss den Berg wieder aufbauen.

Matschpyramide

Im alten Ägypten gab es noch keine Bagger und Lastwagen, da wurde vieles in langen Reihen von einem zum anderen weitergegeben. Macht euch eine schöne Matschgrube aus Sand und Wasser und stellt euch in einer Reihe auf. Nun wird jeweils eine Portion Matsch von Hand zu Hand gereicht, geklatscht oder geschmissen, bis sie am Ende der Reihe dem letzten Kind um die Füße bis zum Knie geschichtet wird. Das steht dann mitten in einer kleinen Pyramide.

Strand-Kim

Ihr breitet auf einem Handtuch allerhand gefundene Sachen aus: einzelne Steine, Muscheln, Glasstückchen, Hölzer und Ähnliches. Dann bittet ihr einen Erwachsenen, die Sammlung gut anzuschauen und deckt dann ein zweites Handtuch darüber. Kann er alles nennen, was da liegt? Merkt er, wenn ihr heimlich etwas davon weggenommen habt?

Muschelmühle

Zwei Spieler besorgen sich je drei ungefähr gleiche Muscheln. Man muss sie von denen des anderen unterscheiden können. Kratzt nun ein Spielfeld aus 3 x 3 Kästchen in den Sand. Zuerst setzen die Spieler abwechselnd je eine Muschel in ein Feld. Wenn alle Muscheln gesetzt sind, dürfen sie jeweils um ein Feld verschoben werden (in beliebiger Richtung, aber nicht schräg). Dabei versucht jeder seine Muscheln in eine Reihe zu bekommen, die gerade oder schräg sein kann, und den anderen daran zu hindern. Wer es schafft, hat gewonnen. Natürlich könnt ihr auch Steine oder Murmeln benutzen. Seid ihr mindestens acht Leute? Dann können zwei von euch je drei lebendige Spielfiguren hin- und herschieben.

Mancala

Dieses ursprünglich ägyptische Spiel ist schon mehrere tausend Jahre alt. Es heißt auch Bohnenspiel, denn ob man nun Steinchen, Muscheln, Perlen oder Bohnen dazu nimmt, ist egal, nur die Zahl 48 muss stimmen. Wenn ihr also 48 Steinchen gesammelt habt, grabt ihr zwei Reihen mit je sechs Mulden in den Sand. Etwas abseits bekommt jeder der beiden Spieler noch eine Extra-Mulde für seine gewonnenen Steine.

Zu Beginn legt ihr in jede Kuhle vier Steinchen. Das Spiel geht jetzt durch beide Reihen immer im Kreis herum. Der erste Spieler nimmt alle Steinchen aus einer beliebigen Mulde und verteilt sie einzeln in die nachfolgenden Löcher. Dann macht es der Zweite ebenso.

Für Gewinne kommt es immer auf das zuletzt gelegte Steinchen an. Da gibt es zwei Gewinnmöglichkeiten:

1. Dein letzter Stein landet in einer gegnerischen Mulde, in der nur noch ein oder zwei Steine liegen. Dann darfst du diese leer machen und die Beute in deine Gewinnmulde legen.
2. Dein letzter Stein landet in einer eigenen Mulde, die gerade leer ist. Dann darfst du ihn und dazu den Inhalt der gegenüberliegenden Mulde einstecken.

Wenn alle Mulden leer sind, ist das Spiel aus und ihr zählt eure gewonnenen Steine.

Beim Wandern

Ein Hut, ein Stock

Ein lustiger Wander-Vers, bei dem es darauf ankommt, gemeinsam untergehakt im Takt zu bleiben. Das erste „und“ gibt den Auftakt, dann geht es mit dem rechten Fuß (*) los:

(Und) eins (*) und zwei (*) und drei (*) und vier (*) und fünf (*) und sechs (*) und sieben (*) und acht (*), ein Hut (*), ein Stock (*), ein Re (*) – gen – schirm (*), (und) vorwärts, rückwärts, seitwärts, ran ... (ab hier von vorn)

Bei „vorwärts, rückwärts, seitwärts, ran“ tippt ihr entsprechend mit eurem rechten Fuß. Statt „Regenschirm“ könnt ihr auch „Damenunterrock“ sagen.

Hänsel und Gretel

Das könnt ihr spielen, wenn ihr später denselben Weg zurückgeht. Wie im Märchen hinterlasst ihr Spuren, natürlich keine Abfallspuren, sondern zum Beispiel helle Steinchen, die ihr vorher gesammelt habt, in den Boden geritzte Zeichen oder geknickte Zweige, zum Dreieck gelegte Tannenzapfen oder in die Erde gesteckte Stöcke. Dann brauchen eure Eltern auf dem Rückweg nicht auf die Wanderkarte zu schauen, ihr könnt sie führen.

Platzgerangel

Habt ihr einen schönen großen Baumstumpf entdeckt? Der eignet sich nicht nur als Picknick-Tisch, sondern auch für eine kleine Rangelei. Zwei steigen darauf und versuchen sich gegenseitig herunterzudrängen. Schaut vorher nach, ob auch keine spitzen oder harten Brocken in der Nähe liegen, falls einer hinpurzelt.

Kippstock

Ein Spiel für zwei Kinder. Sucht zwei ähnliche Stöcke, die euch etwa bis zum Bauch reichen. Jeder stellt seinen Stock auf den Boden und hält ihn mit einer Fingerspitze fest. Auf „Achtung – fertig – los!" lässt jeder seinen Stock los und greift schnell nach dem des anderen, bevor er umfällt. Wenn ihr jedes Mal ein Schrittchen weiter auseinandergeht, wird es immer schwieriger.

Wald- und Wiesen-Kim

Auf einen Baumstumpf oder eine Decke legt ihr lauter verschiedene Sachen, die ihr gefunden habt: ein Blatt, ein Schneckenhaus, einen Tannenzapfen, ein Stück Rinde oder anderes. Gebt den anderen 20 Sekunden Zeit, sich die Dinge zu merken, und deckt dann eine Jacke darüber oder bittet die Mitspieler sich umzudrehen. Wer hat alles behalten?

Schubkarrenrennen

Eine schöne weiche Almwiese? Dann kann ein Größerer einen Kleineren an den Beinen fassen und los geht's! Die Schubkarrenbesitzer müssen mit Gefühl lenken, denn so eine lebendige Karre hat ihre Mucken und verträgt kein rasantes Tempo.

Wackelmatratze

Drei von euch knien sich nebeneinander, Hände auf dem Boden. Einer legt sich gemütlich quer auf die drei Rücken und lässt sich so von seinen Dienern über die Wiese tragen. Falls es einmal unsanft holpert – das Gras ist ja weich.

Alles gelogen

Hier geht es darum, beim Lügen keinen Fehler zu machen. Der erste Lügner zeigt zum Beispiel auf seine Nase und sagt dazu: „Das ist mein Ohr." Der Zweite muss das Gesagte wiederholen und dann eine neue Lüge daran hängen, etwa auf seine Schulter zeigen und sagen: „Das ist mein Knie." So wird die Lügenkette immer länger. Wer aus Versehen die Wahrheit sagt, scheidet aus.

Jede Menge Spiel und Spaß!

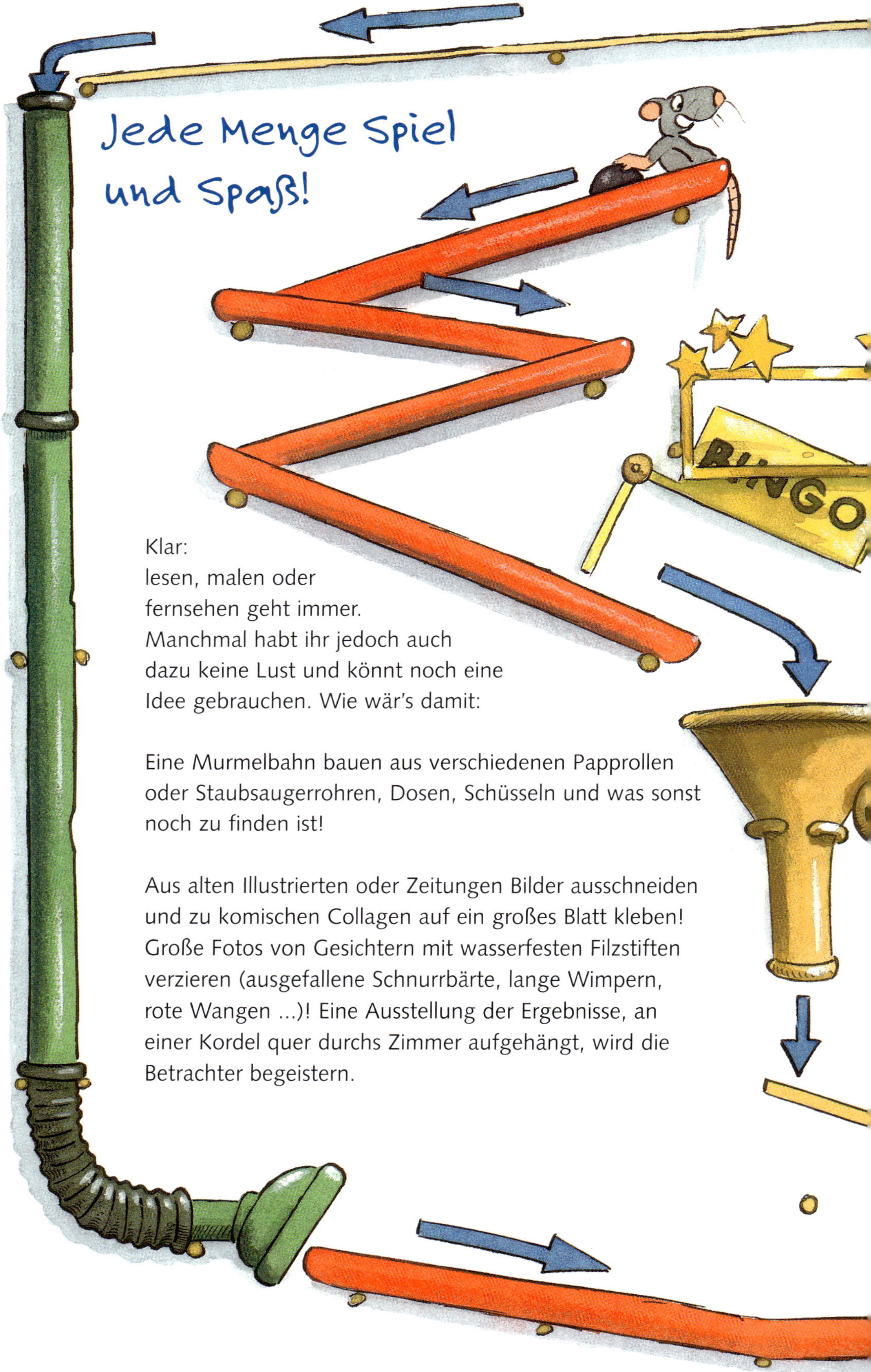

Klar:
lesen, malen oder
fernsehen geht immer.
Manchmal habt ihr jedoch auch
dazu keine Lust und könnt noch eine
Idee gebrauchen. Wie wär's damit:

Eine Murmelbahn bauen aus verschiedenen Papprollen oder Staubsaugerrohren, Dosen, Schüsseln und was sonst noch zu finden ist!

Aus alten Illustrierten oder Zeitungen Bilder ausschneiden und zu komischen Collagen auf ein großes Blatt kleben! Große Fotos von Gesichtern mit wasserfesten Filzstiften verzieren (ausgefallene Schnurrbärte, lange Wimpern, rote Wangen ...)! Eine Ausstellung der Ergebnisse, an einer Kordel quer durchs Zimmer aufgehängt, wird die Betrachter begeistern.

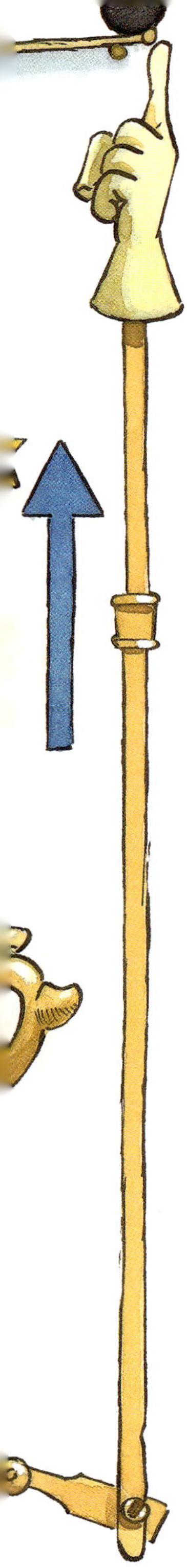

Aus Dosen, Eimern, Kartons und Schüsseln ein Schlagzeug aufbauen, zwei Kochlöffel verkehrt herum in die Hand nehmen und loslegen!

Aus Kissen, Decken, Tüchern ein zünftiges Spielhaus bauen, etwas Nasch-, Hör- und Lesevorrat mitnehmen und Tür zu!

Eine Modenschau mit alten oder neuen Kleidern, Gürteln, Schuhen, Hüten und Kopftüchern veranstalten! Vielleicht ist jemand bereit ein paar Fotos zu machen?

Einen breiten Papierstreifen an die Wand pinnen, alle Familienmitglieder zum Messen bitten und ihre Körpergrößen mit Datum eintragen!

Aus bunter Wolle eine schöne dicke Schnur knüpfen oder häkeln!

Eine Ausstellung mit Stofftieren oder gefundenen Sachen machen, dazu Schilder mit lustigen Namen und verrückten Erklärungen schreiben!

Die Eltern nach Fotos von früher fragen und sie zusammen anschauen!

Leere Gläser zusammensuchen, unterschiedlich mit Wasser füllen und ein Gläserkonzert damit veranstalten! Vielleicht kriegt ihr eine richtige Melodie hin. Übrigens: Auch auf Flaschen blasen klingt sehr schön, ein bisschen üben, dann habt ihr den Bogen raus.

Im Zimmer etwas umräumen, damit es mal anders aussieht!

Ein eigenes Fernsehprogramm machen: Aus einer großen Pappe den Bildschirm ausschneiden, dahinter ist das Studio. Was kommt denn heute? Nachrichten, Talkshow mit Stofftieren, Kochsendung, praktische Tipps für die Hausaufgaben, Interview mit einer Zahnbürste ... Wenn einer mit der Fernbedienung plötzlich den Ton ausschaltet, geht es eben stumm weiter.

Eine eigene kleine Zirkusvorstellung einüben und später vorführen: Ein Löwe springt durch den Reifen. Der Clown versucht es auch und fällt auf die Nase. Eine Artistin mit Röckchen und Schirm balanciert über einen am Boden liegenden Besenstiel. Zwei Affen hocken auf zwei Stühlen und werfen mit Bananen ...

In eine Schüssel mit Erde Grassamen säen oder Bohnen stecken und warten, bis sie keimen!

Register

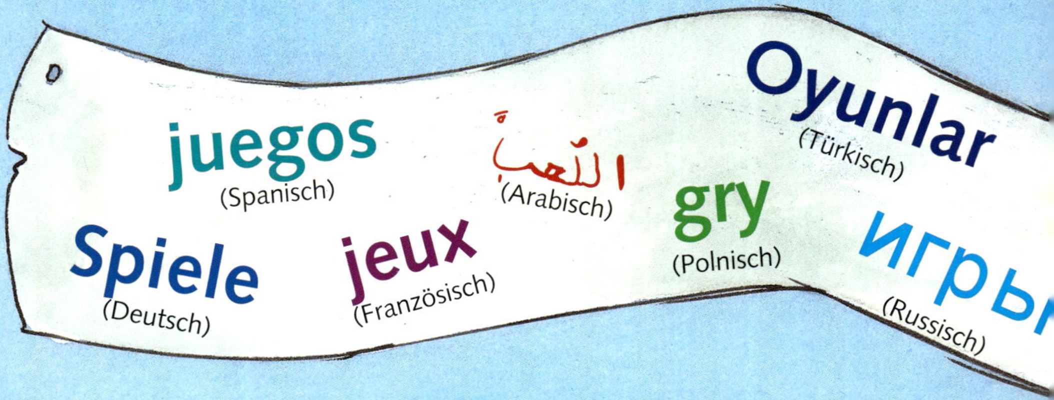
juegos
(Spanisch)
ألعاب
(Arabisch)
Oyunlar
(Türkisch)
Spiele
(Deutsch)
jeux
(Französisch)
gry
(Polnisch)
игры
(Russisch)

games
(Englisch)
giochi
(Italienisch)

ZUCKER
Papier
Ich nach
dem Gewinn
der
RAstplatz
OLYMPIADE
PAuse!
STRANDRALLYE
FERIE